请听我说，这些美好的时光~

顾七兮 著

**HP** 河北出版传媒集团

花山文艺出版社

河北·石家庄

图书在版编目（CIP）数据

请听我说，这些美好的时光 / 顾七兮著． -- 石家庄：
花山文艺出版社，2020.9
ISBN 978-7-5511-2583-3

Ⅰ．①请… Ⅱ．①顾… Ⅲ．①故事－作品集－中国－
当代 Ⅳ．① I247.81

中国版本图书馆 CIP 数据核字（2020）第 144112 号

书　　名：请听我说，这些美好的时光
　　　　　QING TING WO SHUO ZHEXIE MEIHAO DE SHIGUANG
著　　者：顾七兮
责任编辑：温学蕾
责任校对：李　伟
美术编辑：胡彤亮
出版发行：花山文艺出版社（邮政编码：050061）
　　　　　（河北省石家庄市友谊北大街330号）
销售热线：0311-88643221/29/31/32/26
传　　真：0311-88643225
印　　刷：三河市华东印刷有限公司
经　　销：新华书店
开　　本：650mm×940mm　1/16
印　　张：12.25
字　　数：160千字
版　　次：2020年9月第1版
　　　　　2020年9月第1次印刷
书　　号：ISBN 978-7-5511-2583-3
定　　价：45.00元

请听我说，这些美好的时光

# Contents 目 录

# 预谋爱情

一

装潢别致的咖啡厅里，我坐在一个不起眼的角落，漫不经心地搅拌着手边的咖啡，而我对面的位置，坐了一个长相英俊的男人。

他叫陈子默，是我今天的相亲对象，但我们却并不是第一次见面。

两周前，我们在"皇朝"KTV的洗手间前相遇过。

那时候的他喝得烂醉如泥，手里叼着烟四处逮着人借火，很多人匆匆避开他这个醉鬼，而我好心地和他共享了一点火苗。我虽然没有带打火机，但我的烟燃着，凑着借给他点火。袅袅烟雾中，他的脸忽隐忽现，借着模糊的灯光，能够看出大概俊朗的轮廓，我想我并不讨厌这个男人。

俗话说得好，酒品等于人品，他虽然醉了，与生俱来的绅士感却在举手投足间自然地体现出来。例如借火的时候，就算他满身酒气，但他张口却很礼貌："请问……您好，您能不能借我个火？"

点火之后，他一口一个谢谢，见我话不多，便不再醉话连篇地搭讪，我们站在洗手间门口静静地抽完各自手中的烟，他又善意地递过烟盒，问我："还要不要？"

我掐灭了烟蒂，摇摇头，虽然他手里拿着的是名烟，但是我烟瘾并不重，出来抽烟也不过是因为包厢里的氛围让我有些难受，我只是寻个借口罢了。

他笑着自己又续了一支，我抬手看看时间，估摸着同事聚会也快结束了，转身准备折回包厢。

他伸手拉了一下我，指指自己的肩膀，尴尬地笑说："走光了。"

我低头看了一眼自己单肩款撕条的小礼服，忍不住勾着嘴角笑笑："谢谢，不是我走光，款式如此。"但还是习惯性地将松散的带子重新打结，系好。

"你真是个有趣的姑娘，"陈子默打趣道，"我单身，不知道能不能有幸可以留你的电话号码呢？"

"这个就不需要了，"我俏皮地眨巴了下黑眸，卖着萌婉拒，"有缘再见。"挥挥手道别，萍水相逢不过就是如此结局。

## 二

同事聚会结束，在"皇朝"门口等车的时候，发现天空下起了雷阵雨，雨点又急又密，陈益生拉着我讨好地要送我回家。

其他同事都起哄，打趣天要留人，月黑风高夜干脆我们在一起算了。

陈益生是我们部门经理，公司的太子爷，他喜欢我，喜欢得高调张扬，碍于情面，我委婉拒绝无数次，他倒是越挫越勇，最近甚至更有些假公济私。就比如今晚的同事聚会，非点名要我到场，明着是庆祝我接了大单，其实私下他只是想帮我过生日罢了。

这个细心有手段的男人，想用这样委婉浪漫的方式来打动我的芳心，可是他却不知道，我从十八岁开始就不过生日了，尤其憎恨身份证上生日的日子，因为这一天是楚轩离开我的日子。

如果不是我矫情地要过十八岁生日，如果楚轩不是为了给我庆生赶时间而开快车的话，或许现在的我，早已是楚太太。

那一场车祸将楚轩彻底带离了我身边，我那一段青涩懵懂的初恋就这样历经了生离死别后而夭折。

开始的时候很难接受，我甚至都想跟他一起死去，但想到自己的父母，我便没有了轻生的勇气。生离死别，天人永隔，随着时间的推移，慢慢地一切又逐渐恢复过来。只是，心里深深地刻着他的名字，哪怕岁月蒙尘，只要一旦风吹过，依旧清晰触目。

我现在一个人，恋上烟，恋上寂寞，在回忆里跟自己较劲，放不下楚轩，放不下十八岁的青春岁月，虽然告诫自己对于过去，不要有太多的留恋，也不能去回忆。回忆会带来伤感，回忆会消磨人的意志，但如果连回忆都没有的话，我空白的人生便没有生存的意义。

我需要有一个人带着我走出回忆，给我踏实、平淡的生活。可是我知道，这个人并不是陈益生。因为他身上没有让我心动的因素，他也并不能够取代楚轩让我重新去爱上。

预谋爱情

人与人之间的缘分有时候就是这样奇特，命中注定我们要相爱的时候，兜兜转转总会相遇，如果命里没有缘分的话，就算设计千万次，衣服擦破了都摩擦不出火花来。

陈益生仗着同事们的起哄，竟不顾我的抗拒堂而皇之地握紧了我的手，将我拽入他的车中。

"陈益生，我不要。"我终于顾不得情面，冷声地推开他，"我不需要你送我回去。"

陈益生防备不及地被我推倒在地，同事们尴尬得不知所措，毕竟我这样的抗拒让人下不来台面，我刚刚脑蒙懵了，只顾抗拒，不顾后果，见陈益生倒地脑袋立时清明，忙上前主动搀扶起陈益生："陈总，对不起，我不是故意的。"他既是同事又是上司，真把关系搞僵了，不好收场的人是我。我歉意地帮他拍拍衣服上并不存在的尘埃，眼眸的余光扫到陈子默，他正不动声色地看着我们。

陈益生脸色不善，我急中生智道："因为我男朋友来了，我紧张过头了。"我为自己的鲁莽找借口。

"你男朋友？"他茫然地看着我问。

既然已经决定说一个谎言，那么注定需要很多个谎言来弥补，一不做二不休，我立即松开陈益生毫不犹豫地走向陈子默，一边亲昵地挽着他的手臂，挤出甜美的笑容大声地介绍道："很抱歉一直隐瞒大家，我只是跟男友没有定下婚期，怕节外生枝，所以才以单身形象示人。"一边凑到陈子默耳边轻声地恳求他，"请你帮帮我。"

陈子默温和地笑笑，点点头，轻轻地挽过我的手，跟着我的脚步走向我同事这边，先对陈益生道歉："对不起，我女朋友刚才鲁莽了。我替她道歉。"

"来来，我给大家介绍下。"见陈子默配合，我忙拽着他介绍，"这是我的同事兼上司，陈益生先生。"转过脸看向陈益生，"这是我男朋友。"

"陈先生你好，"陈子默和善地打了个招呼，"谢谢你照顾我女朋友。"

看来他不算太笨，而且很会配合我演戏，只希望今晚之后打消陈益生对我的追求，我对陈益生摆出灿烂的笑脸告别："陈总，今天谢谢你的款待，我跟男朋友先走了。"说罢又亲昵地拽着陈子默跟其他同事打了招呼，"我们先走了，明天见。"然后快速地走到街边打车，上了的士才长叹了一口气，对陈子默说道，"谢谢你。"

"不客气。"陈子默嘴角挂着温和的笑意。

"你们去哪里？"司机师傅插话问。

"你去哪里？我送你。"为了感激陈子默的帮忙，我讨好地问他。

"你想去哪里，就去哪里。"陈子默接得顺口，我却愣住了，这个男人什么意思？难不成帮了我一次忙想假戏真做跟我回家？

陈子默见我表情怪异，忙补充道："我意思是，我先送你走，你想去哪里就哪里，回家也可以，我一会儿还要折回来取车。"

听到陈子默的解释，我顿时囧了："不好意思。"

"没事。"陈子默无所谓地耸肩，"要不然在前面把我放下也成。"

最终陈子默还是绅士地将我送回家，临别前告诉我他的名字，并要走了我的手机号码和名字。

我想这是一场美丽的邂逅吧。

三

本以为我们彼此交换了联系方式会有不一样的开始，最不济也会有一些友好的短信问好，可是显然我想错了。

因为我满怀期待地等了一天，都没有收到任何陈子默发来的消息或电话。

说实话，心里竟然有几分说不清楚的失落感，或许因为自己的直觉出错而意外吧。

第三天的时候，依旧没有任何动静。

熬到第七天的时候，我和陈子默依旧没有任何联络，我开始怀疑是不是我自己的错觉——陈子默其实对我压根就没什么想法，那一天所做的一切都是因为礼貌罢了。

可是相比陈子默的没动静，我的心里倒是雀跃地蠢蠢欲动，我按捺不住给他发了一条短信，在等待回复的过程，我竟然是带着说不清楚的紧张感。

可事实上我再一次想多了，因为陈子默根本就没给我回消息。

他或许是没看到消息？

在我给他发第三次消息没有回应的时候，我给他找了这么一个理由。

消息会看不到，我就直接打电话，可电话一直处于关机状态。

女人似乎都有这样的偏执，不当回事的时候，就算别人死缠烂打，也一样可以视而不见，但是当主动想联系一个人的时候，而这个人却像凭空消失一样，心里便会有强烈的不甘心，他到底怎么了？不是不接电话，也不是拒接，而是一直关机。

可除了电话号码，除了陈子默这个名字外，我对他其实一无所知，所以他为什么不回消息？他为什么关机打不通他电话？都是我自己在想，自己在找千百种的理由解释给自己听。

求而不得，第十天的时候，我放弃了找理由解释，也不再给他发消息，打电话。准备把那一天的插曲就这样淡忘。

毕竟好感只是那么短暂的一瞬，火花来不及点燃便只有熄灭的份。

<h2 style="text-align:center">四</h2>

当母亲大人打电话跟我说，周末给我安排一个对象相亲的时候，我并没有像往常那样抗拒，因为要淡忘陈子默这个插曲，就必须要找一点其他的事来充实自己的生活。

相亲便是很好的生活调味剂。能够相到对的人，那么是缘分；如果相不到，那么也算是走过场的人生阅历了。

周末，我穿着得体，化了个淡妆便欣然赴约，当我看到陈子默走进来的这一刻，好半天我都回不了神，陈子默竟是我的相亲对象。

虽然我知道世界上有很多事会有巧合，但是如此般天衣无缝的巧合，只怕是人为的安排了。

这一切的初遇、邂逅，只怕是设我的局罢了。亏得我那么认真，以为终于有一个人能够替代楚轩，让我可以牵挂，可以有重新去开始的期待。

我静静地看着陈子默，没有主动开口说话。

预谋爱情

陈子默淡然的神色遭遇我的沉默后，终于有些窘迫了，他犹豫地搓搓手，飞快地从口袋里掏出一盒烟，抽了一支烟小心翼翼地递给我。

我接过烟朝他勾着嘴角公式化地笑笑，看着他笨拙地给我点火，然后自己也抽上烟，我们谁都没有再开口说话，烟雾缭绕，安静燃烧。

"真没有想到，世界这么大，我们竟然用这样的方式再见面了。"烟抽完，陈子默端起咖啡杯动作优雅地抿了一口，终于还是打开了话匣子。他修长的手指衬着褐色的咖啡杯显得分外白皙，跟夹烟的时候一样引人注目。

这是一个长得英俊，连手都漂亮的男人。

我不知道该冷酷地拆穿他设计我的把戏，还是该将计就计陪他演戏？

"既然是相亲，需要我介绍自己吗？"陈子默见我兴致不高，不由得想打破僵局，

"你的资料介绍人都说了你：33岁，离异，有个儿子跟前妻。"我看着陈子默俊脸上挂了尴尬的笑容，心里竟然有一丝不忍，忙补了句，"如果你愿意说一些我不知道的，我想我很乐意听。"

"你不知道的？"陈子默拧着俊眉沉默了半晌，试探地问，"你是指？"

"你过分隐私的事，我目前无权过问。"我看着陈子默，"也没兴趣过问，我只是想知道关于我的。"不知道为什么，对待陈子默我竟然异常的宽容，或许这个男人给了我一种说不出的安全感。或许，他在我心里真的投进了涟漪。

"我想说，对不起。"陈子默顺着我的提示回答，"关于跟

你的遇见，都是我精心设计好的。"

"是吗？"我看着这个坦荡的男人，听他说，十八岁的楚轩跟他相撞，虽然责任过错是楚轩这边，但是他异常内疚，尤其看着楚轩父母对我刻薄打骂的态度，让他很难受，之后他便一直默默地关心我，用不同身份出现在我身边，或是网友，或是陌陌附近人，或是微信好友，在我失落迷惘的时候鼓励我。

其实这样算起来，我认识他真的很久很久了。只不过他隐去了自己的身份，已婚的他对我从来都只是怜惜的宠爱，从不逾越。

预谋爱情

### 五

一年前他离婚了，而我也跨入了大龄剩女行列，父母催婚，但放不下楚轩的矛盾状态让我的生活看起来异常糟糕。

他试着接近我，甚至委婉托人约我相亲，结果被我放过好多次鸽子，也从没正儿八经地想找对象重新开始生活，便有心设计了皇朝KTV相遇的那一场，本想慢慢打动我，可计划不如变化快，后来为了拒绝陈益生而临时拉他演戏的这幕便是意外了。

陈子默说，当我真正愿意把号码给他，对他放低防备的时候，他却犹豫了，因为他不知道自己所做的一切是不是叫作卑鄙的预谋？所以他把手机关机了，反反复复地问了自己无数遍，对我的感情到底是什么时候开始的，也认真地思考要怎么样才可以对我坦白从宽。

其实，我也不知道该拿陈子默怎么办。

这个男人严格一点来说是我的仇人，可是我却没有办法去恨他，并且我也不恨他。

可是如果真的要跟他在一起，一想到楚轩，我就矛盾了。

那天晚上，陈子默送我回家的路上跟我说："夕瑶，对于楚轩的事，我很抱歉，但是对于你，我是认真的。我知道我们两个要在一起，很难忘记楚轩，那么，让我们两个一起去记住他好不好？"

"不忘记过去，怎么能重新开始生活呢？"我呢喃，"可要忘记过去了，我怎么对得起楚轩呢？"

"楚轩是过去的人，而我是陪在你身边的人。"陈子默深深地叹息了一声道，"在今天见你之前，我矛盾了无数次，也痛苦了无数次，但是我最终确定了自己的心意，我想跟你在一起。"

我愕然，随即轻轻地摇摇头："陈子默，我需要时间想想。"

"一支烟的时间好不好？"陈子默轻轻抚摩在我微烫的脸上，"我们现在什么都不想，就静静地抽完这支烟。"

我接过他为我点燃的烟，深深地吸了一口，五脏六腑瞬间就沉寂下来，四周安静得听不到半点声音，眼前只是烟雾缭绕，我看到了过去的楚轩正在跟我挥手告别，眼泪不知不觉滑落下来，陈子默轻轻地帮我擦拭干净。这一刻，定定地看着眼前的这个男人，我知道，我应该跟过去告别了，我应该要选择重新开始了，属于我的爱情和幸福，已经悄然来临……

楚轩，你也是希望我能够重新开始的对吧？

陈子默，虽然我不知道选你对不对，也不知道我们之间未来会发生什么，但是这一刻，我知道心里有你，我不想欺骗自己，我只是顺从自己的心。

缘分来的时候，我措手不及，但是我相信上帝的每一次安排，我愿意去积极地生活。

# 对不起，我结婚了

一

我们在一起多久了？

"阿宸，我们在一起多久了？"林萧笑吟吟地盯着正在厨房忙碌的背影问，她嘴角止不住上扬，满脸幸福。

陈宸端出做好的饭菜，麻利地边摆边回答："512天。"

"那你想过我们以后吗？"林萧看着他试探地问。

"以后？"陈宸的神色有些茫然，"你是指？"

"就是我们以后的生活呀，比如，见见家长什么的？"林萧努力将语气轻描淡写，她不想表现恨嫁，也不想表现太过主动的逼婚。

"见家长？太早了吧？"陈宸的神色变得纠结，"萧萧，难道你不觉得我们这样的状态很好吗？如果见家长了，势必要谈婚论嫁，我其实不想这么快结婚。"

林萧沉默地看了一眼陈宸。

"亲爱的，你不开心了？"陈宸讨好地上前拥着她，"那这事，我们再商量一下？"

"算了，当我没说吧。"林萧其实很想说，她今年27岁了，在农村的父母早就为她的婚事愁白了头，每次接起电话就唠叨个没完，她没对象的时候急着要给她介绍，等跟陈宸谈恋爱了，他们又催着要林萧带男朋友回家。

可是陈宸既然不想，她就作罢，毕竟女孩逼婚这件事不体面。

时光如梭，转眼春去秋来。

"亲爱的，生日快乐。"林萧刚进门，陈宸便送上一只点着蜡烛的蛋糕，那蛋糕上面插着28根蜡烛，写着醒目的"我爱你"三个大字。

林萧深吸了一口气吹完蜡烛，刚放下包，还没弯腰换鞋，陈宸一如既往体贴地将她的拖鞋整齐地放在脚边，"许啥愿了？"

"我们什么时候见家长？"林萧鼻尖有些发红，仔细看的话，她的眼睛也是红红的。

今天下班途中，她接到自己母亲电话，哽咽着说，父亲病了，真的很想她带男朋友回家。

"萧萧，这个问题我们之前说过了，我还没做好准备。"陈宸毫不犹豫道。

"那你什么时候做好准备？"林萧直视他漂亮的眼睛，语气尖锐起来，"一个星期，半个月，还是一个月？"见陈宸目光闪躲更是不悦，"还是说你需要一年半载？"

"萧萧，你今天怎么了？"

林萧叹了口气，"陈宸，我28岁了。"

"所以？"陈宸挑眉问。

"我们当初谈恋爱就是奔着结婚为目的的。"林萧看着陈宸，"我们也谈了近两年，该了解的也都了解了，该磨合的也磨合了，你到底什么个意思，给我个明确说法吧。"

陈宸的俊脸毫不遮掩地挂着纠结的神色："萧萧，这个问题再让我考虑一下好不好？"

林萧欲言又止，沉默了半晌，丢了句："算了，随便你吧。"心里却犹如大冬天被迫喝下冰冷的水一般，透着绝望的冷意。

这一段感情，她有一种看不到头的无助。

林萧想，再等一等吧，或许她跟陈宸之间会有好的转机，两个人突然有了结婚的念头呢。

## 二

"萧萧，如果我告诉你，我恐婚，你会不会怪我？"

午夜时分，林萧接到陈宸的短信，她的眼睛死死地盯着屏幕，直到酸涩的眼泪打湿那一行字，她才哆嗦着擦干屏幕，擦干自己眼角的泪水，稳了稳心神去回复他："没事，我不怪你。只是怪自己，明明知道你恐婚，却一再地抱着希望等待，祈祷奇迹发生。"

"萧萧，除了结婚，我真的什么都可以依你。"陈宸的短信发来，顺带着一颗爱心，"萧萧，我们在一起这么开心，结婚跟不结婚有什么区别呢？反正我这辈子就想跟你在一起。"

林萧握着手机的手收紧，又摊开，最终叹了口气道："陈宸，我们分手吧。"

"萧萧，你说什么呢？"信息发出不久，陈宸的电话便追了过来，"我们好端端的，为什么要分手？"

"陈宸，你觉得我们好吗？"林萧的嘴角挂着苦笑，"是你所认为的好吧？你根本就没想过我的处境，你恐婚，结婚不结婚无所谓，可是对我来说，那是有所谓的，这样的生活也不是我想要的。"

"萧萧，难道你觉得我们之间一定要结婚，有那张不牢靠的证才算好吗？"陈宸的语气变得嘲讽起来，"你可知道，有多少有证的夫妻，却过着貌合神离的日子？"

"我不知道别人家的夫妻怎么样，我也不想管。"林萧的语气变得尖锐起来，"我只知道，我被父母逼婚，如果你不想跟我结婚，我们趁早分开，他们会给我安排对象相亲。"

"林萧，你说什么？他们给你安排相亲？"

"陈宸，我累了，不想跟你为这个问题吵架。"林萧疲倦得揉着眉宇，"你对我很好，我对你也是掏心掏肺地爱过，现在既然已经有了分歧，不能继续一起走了，那么我希望我们彼此能够好合好散，客客气气地分手。"

"林萧，你跟我说实话，你是想客气地分手，还是想逼我跟你结婚？"

林萧茫然地看着天花板，诚实地说道："我不知道，都想吧。"如果陈宸愿意结婚，她欢喜，如果他真不愿意结婚，林萧也做好了分手的准备。

是的，从她第一次试探陈宸想要见家长的那一次开始，她的心里便随时做好了两个人会分开的准备。

林萧谈的每一场恋爱都是想奔着结婚去的，如果没有结果，那么说明缘分未到，哪怕她再深爱这个男人，也会忍痛割爱。

比起浪漫的爱情，她更追求朴实的婚姻。

虽然很多人会觉得那一张纸并没有什么太大的用处，可是它确是法律上最踏实的保障。林萧不相信会有天长地久的爱情，但她坚信，夫妻是生能同床，死亦同穴的人。

"林萧，你是在逼我对吧？"陈宸没好气地说，"你拿分手来逼我结婚？你这样有意思没意思？"

林萧柔软的心听到这句刺耳的话，瞬间好像被刺破了，她难受地有些透不过气地胸闷。"陈宸，我并不想拿分手来逼你娶我，我说了，你不想娶，咱们客客气气分手，我不会对你有任何死缠烂打。"

"林萧，你别后悔。"陈宸气呼呼地撂下电话。

三

后悔？林萧会后悔吗？

或许会吧。

陈宸真的是一个合格并且完美的男朋友。

他有处女座的洁癖，喜欢将屋子收拾得干干净净，一尘不染，却不会嫌弃林萧的大大咧咧不修边幅，相反他会默默地帮她收拾，宠着她。

陈宸逢年过节会不断地制造惊喜，哄着林萧开心，处处以林萧为中心，给她所有浪漫且美好的回忆。

林萧跟他在一起的每一天都充满了甜蜜，除了这次分手，两个人竟然都没有红过一次脸，吵过一次架。

可是这样完美的男朋友竟然恐婚？林萧异常遗憾，有时候她会想着，要不然就这样继续甜蜜，腻死人地谈恋爱吧，不要去想婚姻这件事。

可是每一次回到家，看到父母殷切的眼神，她就张不开嘴，不敢说自己不想结婚。

随着身边的闺蜜一个个甜蜜地步入婚姻，虽然有着各种各样的问题，但是却依旧在迎难而上，生娃的生娃，生二娃的生二娃，哪怕跟奇葩婆婆斗智斗勇，也都忙乎得充满人间烟火。

而她约完会回家，形单影只、冷冷清清，她的内心充斥着抑郁。她渴望有个家，有自己的宝宝，能够享受天伦之乐，尤其这一次妇科体检，检查出她不宜受孕，如果再不趁着年轻要孩子，以后只怕越发困难了。

林萧想结婚了，从前是父母逼着她到年纪该谈婚论嫁了，现在是她自己觉得，该结婚了，因为她也想要一个宝宝了。

林萧知道她一旦逼婚，只有两种选择，陈宸如果足够爱她，一定会为了她克服自己的恐婚，勇敢跟她步入婚姻，而另外一种选择便是两个人成为曾经爱过的陌生人。

很可惜，她在陈宸心里的位置不够重，无法为了她去克服恐婚这个问题，那么她就算是再爱他，她也觉得是时候该要放手了。

因为一段没有结果的感情，继续消耗下去，只会变得彼此不满、争执、吵架，而每一次的不愉快，只会消费曾经那些点滴历经的美好。

林萧不想跟陈宸纠缠不清，不愿意曾经那样爱过的一个男人，到离开之后会变得面目全非，所以她告诉自己，就算再深爱，既然决定放手，那么一定不能留恋，要拿出全部重生的力气，彻彻底底地放手。

林萧不是一个无情的人，但是却强逼自己做无情的事，她痛苦到哭不出眼泪。

夜深人静的时候，林萧无数次会拿起手机，克制不住地想要拨出电话，却生生地忍住，一遍一遍地骂着自己："林萧，你有点出息好不好？说分手的是你自己，现在如果回过头去找他，那么他依旧不愿意结婚，你既不想过那样的生活，那么何必还要去招惹？离开了陈宸，你只不过失去一个爱人，又不是真的会死，忍忍吧，将这一切习惯抹去，将他所有的一切淡忘，你就可以获得重生。"

对不起，我结婚了

四

整整一个月，林萧的日子过得混沌而又茫然，她在心里跟自己较劲，硬是憋着一口气没找陈宸，而他也是如此。

两个人心里明明深爱着彼此，但是却像两个闹别扭的孩子，谁都不愿意先开口，因为开口的那一方，注定了要妥协，而妥协的结果却不是他们想要的。

林萧发现，其实除了最开始的那几天特别难熬，后来的时间，她的生活变得按部就班，其实也并没有真的想闹死闹活，没有陈宸的日子，她只不过少了很多快乐，多了一些痛苦，但是并没有真的过不下去。

生活还是要继续的。

继续选择，继续前进，继续在怀念跟现实中不断矛盾交织，一天天数着手指过日子。

林萧接到陈宸电话的时候，是五个月后，陈宸说："萧萧，咱们结婚吧。"

林萧的眼泪克制不住地流了下来，她没有回答，只是越哭越凶。

陈宸听着不知所措："萧萧，我想通了，我们结婚好不好？"

"不好。"林萧终于回过劲，哽咽着说，"对不起陈宸，我结婚了。"

"什么？"陈宸不可置信，"林萧，你在说什么？"

"陈宸，我结婚了。"林萧稳了稳心神，认真地解释，"在跟你分手三个月后，我相亲了，"顿了一下道，"相亲对象是个还不错的男人，我们按照父母之命，媒妁之言，以结婚为前提恋爱了。"

"你在跟我分手五个月就结婚了？"陈宸大受打击，这五个月他跟自己较劲，无数次给林萧发消息想说，咱们试试结婚吧，但是却一次又一次地退缩，他真的不敢。

陈宸的父母在外人面前是自由恋爱，早些年感情也是极好的，但是生了陈宸后，两个人的性格大变，各玩各的。他眼睁睁地看着父亲、母亲身边不断换人，有时候甚至都不避讳他，只要他们在家就会吵吵闹闹相互指责，他不想结婚，不敢结婚，他害怕自己也会过上那样的生活。

虽然陈宸承认林萧很好，很合适他，但是他不敢想象以后，林萧会不会跟自己的母亲一样嫌弃他，或者自己跟父亲一样，处处看不顺眼母亲。两个人深爱的人，最后变得仇恨、陌生，恨不得掐死对方。

"陈宸，我说过，我不想恋爱，我想结婚。"林萧的语气恢复了尽可能的平淡。

"萧萧，你爱我吗？"陈宸的语气变得柔软起来，"分开的这些日子，你有想我吗？"他突然变得像个孩子一样无助起来，他无法接受自己还在纠结要不要结婚的女人，转眼却成了别人的新娘，她怎么可以变心这样快？

"我爱过你，也不停地在想你。"林萧直白地承认，"甚至在结婚前一天，我都在想，只要你回来找我，只要你说，你愿意结婚，我一定头也不回地跟你走。"

"现在呢？愿意跟我走吗？"陈宸痛苦地问，心里更多的是不甘心，放不下。

## 五

"陈宸，你别开玩笑了。"林萧苦笑，"你知道自己在说什么吗？"

"我知道，我清楚地知道，萧萧，我爱你，我想跟你在一起。"陈宸的语气变得不管不顾地坚决起来，"我不管你变成什么样子，我都想跟你在一起。"

"太晚了。"林萧伸手看着自己的手指，无名指上套着一枚简洁的钻戒，虽然不是很大，却异常耀眼，"陈宸，从我套上婚戒、踏上婚礼的那一刻，这些都是过去。"

"萧萧，结婚了又离婚的那么多，你爱我，你嫁给别人甘心吗？"

"你怎么就确定我还在爱你？"林萧语气清淡，"陈宸，你太自信了。"

在相爱的时候，我们可以拼命，用尽力气去爱，竭尽所能想要在一起，但是当我们筋疲力尽却依旧没有办法拥有完整的结局，那么注定了有缘无分，放手便是给彼此最大的解脱，而遗忘也是给彼此最好的纪念。

林萧现在或许没有爱上自己的丈夫，但是从选他的那一刻开始，她就决定要试着去爱他。因为她爱自己的宝宝，她会愿意为了他，爱一切。

"林萧，你别逞强，你那么爱我，怎么可能爱上别人。"

"陈宸，如果分手那一次我没有说清楚，那么今天我认真地告诉你，我爱你，真的爱过你，但是那是过去。"林萧深吸了一口气，"从我决定放弃那段感情，从我放弃你开始，我便不再爱你，我也不会念念不忘你。"

"萧萧，我们真的不可能了吗？"

"不可能了，"林萧果断回答，"陈宸，我怀孕了。"

"你……"陈宸被林萧接二连三的消息打击得不知道该说什么了。

"陈宸，你知道吗？结婚是一种我对父母完成的使命，"林萧看着墙面上的婚纱照，嘴角勾起温和的笑容来，"可孩子，却是我们的责任。我跟我的丈夫之间或许没有那种轰轰烈烈浓烈的感情，但是我们会细水长流，踏踏实实地为了宝宝过好每一天。"说着不等陈宸开口，继续说道，"我不知道别人在感情跟婚姻里会做出什么样的选择？或许每一个女孩都期待自己的爱情跟婚姻能够合体，但是这个世界上偏偏就有那么多不如意，在只能选择一样的时候，我选择了婚姻，我以后会忠诚于婚姻。未来会发生什么事，我不知道，我也不想去思考，我只知道，我会努力地过好每一天。"

"虽然很难过，但是我还是选择祝福你。"陈宸痛苦地挂了电话。

林萧对着嘟嘟的忙音也轻声地说："陈宸，我也祝福你能早日遇到那个愿意让你不顾一切踏入婚姻的人。"

　　爱情，不需要理智，我们竭尽所能地去轰轰烈烈，爱得撕心裂肺都没问题，可是如果想要求得结果，那么便只能回归理智，平平淡淡地过着每一天，相守陪伴到老亦是一种稳稳的幸福。

对不起，我结婚了

# 我终究放不下这个人

一

"就这样擦身而过，难道我爱你不够多？"每次听到林心如在《半生缘》中略带哀伤地吟唱这首歌，心中总会荡起点伤悲，虽然曾经的痛已远去，但是心里仍会有不经意被激起的涟漪荡漾在心头，那种五味陈杂的感觉，很难用一两句话来形容，有点痛，有点恨，有点不甘心……可或许更多的是化不开的浓烈的爱。

那是青春记忆里的一道伤，不管过去多久，都是痛彻心扉，哪怕用再多的眼泪，也无法洗刷干净。为自己心疼，也为过去那一段无疾而终的感情心疼。

我对萧哲宇的感情属于一见钟情。

在朋友的聚会上，第一次见到他，他很安静地坐在包厢的角落里，姿态慵懒，烟雾袅袅上升，一层层缭绕的烟圈就如盛开的玫瑰。男人俊逸的脸便在烟雾中忽隐忽现，虽然我并不抽烟，也不懂烟，但那一种扑朔迷离的神态看一眼就深深地吸引了我。

当我走过去看到他那如雕刻般帅气的脸，内心就澎湃得犹如小鹿乱撞，我知道我迷恋上了这个男人。

一见钟情。

我从他手边的桌子上笨拙地拿起精致的烟盒，掏出一根烟，紧张又结巴地去问他借火："嗯，嗯，那个，那个你……能……能不能……"

"我能不能借个火给你对吗？"萧哲宇嘴角勾起浅淡的笑意，打断了我说不完整的话。

我猛点头："嗯嗯。"

"你会抽烟吗？"萧哲宇问得正色，见我摇头，然后忍不住扑哧一声笑了出来，"你还真傻得可爱。"

我不知所措，萧哲宇看出来我的窘迫，他从烟盒里重新抽了一支烟，麻利地点火，烟在他洁白修长地手指内缓缓燃烧，他吸了一口，便将烟递给我，"来，我教你。"

我学着他的样子吸了一口，"咳咳咳。"初次吸烟，被呛得狼狈咳嗽，心里却好像喝了蜜糖水一样甜。

虽然搭讪技术有些笨拙，但是好歹跟男神有了交集不是吗？

萧哲宇却是笑了："看来，你不是个好学生哟。"他从我手里抽走烟，含在自己嘴里深深地吸了一口，故意卖弄似的吐出一个一个漂亮的烟圈。

好看的男人，抽烟姿势也性感得要命。

"真好看。"我忍不住出声夸了一句心里话，见男神灿烂地笑了，那一刻真有一种百花齐开的炫目感。

"你虽然不是第一个夸我抽烟好看的，但是我听着还是很开心。"萧哲宇笑吟吟地看着我，再问，"还想学吗？"

我点点头，我咬着唇，犹豫着说："就怕老师骂我笨。"毕竟这是第一次笨拙的搭讪，心里不由得紧张，甚至都不敢带着火辣辣的眼神去看他，生怕自己把他给吓跑了。

萧哲宇掐灭了烟，朝我伸出手来："你好，我叫萧哲宇，请问姑娘芳名？"

"我叫田晓燕，你可以叫我燕子。"我欢快地接话，为这个不为难我的男士，心里默默点赞，好感瞬间又上升无数。

"燕子，很活泼的名字。"他笑道。

"是啊，我活泼吧？人如其名啊。"说完，我又笑吟吟地看着他问，"我可以叫你阿哲吗？"名字虽然只是一个代号，但是如果有亲密的代号，两个人应该很快就能够熟悉起来吧。

"阿哲？"萧哲宇轻声念了一下，"挺好的，我同意了。"

一回生二回熟，第三次跟萧哲宇在朋友组织的聚会见面时，我们两个已经相谈甚欢，属于熟络的朋友了。

萧哲宇是一个怎么样的人呢？我也说不清楚，但是他身上却有一种深深地吸引我的气质，就想S极吸引N极一样，只要有他在的场合，我的视线便会不由自主地追着他，我的心情就会变得异常愉悦欢快。

我明白我对他的感情，早就从一见钟情升华到再见倾心，或者日久情深了。但是尽管我喜欢萧哲宇，可我却不知道该如何去对他告白。

越是浓烈的爱情，越是容易顾忌和小心翼翼。

# 二

闺蜜总是取笑我，说新时代的爱情，就要爱得直接猛烈，卑微可怜不属于现代求爱法，鼓动我抓紧时间告白。

我却因为第一次失败的搭讪而失去了勇气，这一天的聚会结束后，闺蜜给我下了最后通牒，如果我再不采取行动的话，那她就要下手了。

尽管我明知道闺蜜是在用激将法，但是在听到她借着酒意询问萧哲宇是否有女友的时候，我的心还是紧紧地纠结了起来。看着萧哲宇摇头，我脑袋猛地一热，将闺蜜推到旁边，然后厚着脸皮主动出击，选择了单枪直入式："阿哲，我喜欢你，你喜欢我吗？"

萧哲宇被我吓住，拿着筷子的手抖了下，菜都丢回了盘子里："燕子，你开什么玩笑？"

"我没有开玩笑，我是认真的。"我笑吟吟地看着他，反正第一次已经开口说了，第二次开口就容易多了，"我说我喜欢你，你喜欢我吗？"见萧哲宇半晌没敢接话，我继续道，"你不要用什么借口、理由，或者暧昧的沉默来敷衍我，我只要你一个明确的答复，不喜欢就拒绝我，你可以选择马上转身离开，如果喜欢我就留下！"说完，我静静地低下头，闭上眼，心怦怦直跳，一秒、两秒、三秒……我做了最坏的打算，他根本就不喜欢我，那么他离开了，好在我投入感情也不深，难过一会儿，可惜一下，最多也就是在痛哭以后就立马放手，虽然我不舍，可至少他让我心动了，想恋爱了。

"燕子。"沉默了许久，萧哲宇才深沉地开口叫我。

该面对的始终逃不掉，我抬起头，迎上他深邃的目光，恍惚间，觉得他很陌生，我也不敢猜测他会对我说什么，是接受，还是拒绝？

我也更加不敢想象，万一我被拒绝，以后该如何跟他去相处？

这一秒的时间过得飞快，但是在我心里却仿佛过了一个世纪那么久远，我一瞬间思绪纷飞，想了无数种可能，但是我想不到他对我说了这么句话："对不起，燕子，我爱你。"

"对不起"，这算是拒绝吗？可是我爱你又好像不是拒绝。

我犹豫地抬起脸看向萧哲宇，张嘴刚想问问清楚，到底是接受我的求爱呢，还是拒绝了，可不等我张口，萧哲宇已经快步地张开双臂紧紧地抱住了我，我整个人僵硬住了，半晌他俯身在我脸上落下一连串的细吻，让我彻底呆若木鸡！

闺蜜吹起了口哨，四周也有无数掌声响起，而我却恍如未闻，只觉得我的心里被幸福的感觉填满了。

甜蜜的拥吻结束，萧哲宇在我耳边低声地说了句"对不起"，然后轻轻地松开了我。

我想问萧哲宇，这一吻算不算我们已经定情了呢？可是碍于很多人在场，我实在不好意思问出口，姑且就算是我们开始交往了吧。

这一晚萧哲宇都牵着我的手，这一晚的萧哲宇格外帅气迷人，这一晚的萧哲宇是属于我田晓燕一个人的爱人。我觉得我心里的幸福感真的快要溢出来了，执子之手，与子偕老或许是每一个期待爱情的女子最渴望的梦想吧。

闺蜜打趣道："燕子，你的求爱方式果然直接而又猛烈，让萧哲宇真是无法拒绝，也无法招架啊。"

我则是扯着嘴角含蓄地笑，甜腻地看着他俊逸的侧脸，有一种怎么看都看不够的宠溺。

在吃完夜宵，萧哲宇把我送回家的时候，他看着我认真地说："燕子，你是一个很好的姑娘，可惜我配不上你。"

"你什么意思？"我错愕地看着他，"萧哲宇，你知道你在说什么吗？"

"我知道，"萧哲宇嘴角的笑意变得有些苦涩，"燕子，我们有缘无分，希望今晚过后，依旧可以做回好朋友。"

"你的意思是拒绝我了？"我追问。

萧哲宇沉默地掏出烟点上："对不起。"

"你说你爱我，可是为什么拒绝我？"就算要拒绝，至少也给我一个理由才好让我死心呀。

"燕子，你别问为什么了。"萧哲宇不耐烦地掐灭了烟，"今晚的幸福和美好，我会记得，一直一直会记得。"

可是我不想记得，一点都不想记得我就这样莫名其妙地被拒绝了。萧哲宇真是一个温柔、体贴的绅士，这一晚他将男朋友的角色扮演得百分百到位，可是最终却告诉我，这只是一个梦，天亮就得醒来。

我终究放不下这个人

## 三

我不知道我是怎么回家的，更不知道这一晚到底有没有入睡，但是我清楚记得我自己哭得撕心裂肺地给闺蜜打电话时，她告诉我说："燕子，萧哲宇并不是不爱你，只是他早就订婚了。"

没有女朋友的萧哲宇竟然是有未婚妻的人？虽然那一门亲事并非他所愿，但事实是他无从抗拒，只能接受。

这个理由真的很可笑，我不知道是如何说服我自己放弃这段感情，忘记萧哲宇这个男人，但是这一段感情看似来去匆匆，其实在我心里却生根发芽，很长一段时间，我都不敢再去轻易触碰爱这个词，更不敢去接近别的异性，生怕再去招惹一场镜花水月的心伤。

但是一个人的时候，我就开始无比怀念萧哲宇，这个男人就好像烙印一样深深地刻在了我的心里。

闺蜜们都劝我要重新开始，我自己也想要重新开始，但是却偏偏好像中了魔咒一样，无论时间过去多久，岁月如何蒙尘，萧哲宇这三个字在我心里的分量却依旧如初。

有时候爱上一个人，真的只是需要一秒钟，抑或只是需要一个眼神便可，但是要忘记一个人却很难，难到或许穷尽一生都无法释怀。

在我的心里满满地装着萧哲宇的时候，我的眼里压根就看不进去任何别的男人。

后来没有萧哲宇教，我也学会了抽烟，学会了多愁善感，学会了一个人照顾自己，但是却始终都学不会怎么去忘记这个男人。

四

再见萧哲宇的时候，时光已经过去了五年。

三十而立的我，即将迈入大龄剩女的队伍，而他，那个说爱我却又不能跟我在一起的男人，还是选择跟他不爱的未婚妻结婚。

童心未泯的我拖着闺蜜去坐旋转木马，不经意地转过头瞥见他熟悉的身影，我整个人再一次愣住，而他脸上醒目地洋溢着柔情的微笑，他怀中的小女孩也笑得灿烂如花，时间就好像定格一般，将我们的往事一一重新播放。

原来他在开始就确定了自己想要的结局，所以在对待我感情的时候，他选择了不去开始，借此避免相爱后更深的伤害。

那一晚亲密的接吻，既是开始，又是结束，是我们留给彼此最好的纪念。

萧哲宇的眼神依旧清澈，透明深邃。我封锁的心突然就释然了，感激这个坦荡的男人，适时地用理智控制了情感，让我跟他之间的故事在悲伤没有开始前就止步。

虽然失恋的苦楚依旧是我一个人在吃，但是至少他没有把我变成见不得光的第三者，至少他让我们之间的感情纯洁如初，至少告白那一晚的回忆真的很甜美。

我习惯性地从包里掏出烟，嘴角勾起一抹凄婉的笑意，掏出打火机，熟练地点火，深深吸了一口，将那些不安与躁动，不甘与痛苦一并吞入口中，吐出一连串美丽的烟圈，我想这个男人，我终究还是放不下吧，但是我会用自己的方式默默地守护他，不会去轻易地打扰他的幸福，直到我遇到下一个能够真正走进我心里的男人，将他完全取代，我才可以重新开始。

我无怨无悔，因为爱一个人不一定要得到结果，有时候辛酸的过程才能教会我们体验人生的真谛，我感激他能够让我这么深深地爱过。

# 如果爱，请不要放手

一

我跟幽雅是大学同学，在毕业前顺利"黄昏恋"，然后在A市共同打拼，三年后我们有了属于自己的房子、车子，然后结婚生娃，一切幸福的模板就跟小说里的一样完美。

幽雅就如她的名字一样，长得很优雅，身上有一股娇贵的气质，在学校的时候，学习成绩拔尖，处事能力果断，人情关系又圆滑，说句良心话，创业初期各种焦头烂额的时候，幽雅真的帮了我不少忙。就连我爸妈都时常夸她是一个好媳妇，我娶到她真是三生有幸。

幽雅生了孩子俊俊后，她的重心完全在教育孩子身上，有一句话说得很精辟：生了孩子的女人，全世界只有孩子；而对于男人来说，他们的世界不过就是多了一个孩子。

我也爱我的儿子俊俊，但为了让他们娘俩过上更舒适安逸的生活，我必须在这座城市打拼，随着生意越做越大，灯红酒绿中的逢场作戏越来越多，我渐渐回家越来越晚，而且每次都喝得醉醺醺的，幽雅刚开始免不了抱怨："郝子君，你身上的酒味、烟味，熏死人了，你下次回来能不能洗干净了再进房间？"

"老婆，我要在外面洗干净了，可就出问题了。"我嬉皮笑脸地看着幽雅说，手伸进口袋里掏了一支烟出来，刚想点火，幽雅已经眼疾手快地一把抢过去踩在地上了："你竟然还想在房间里抽烟？你有没有常识？儿子还睡着呢。"

"幽雅，你别整天孩子孩子的，咱们有了孩子，但是也得有自己的生活不是？"说着我看向穿着朴实随意的幽雅，语气不免抱怨，"你说你，你穿的都什么衣服啊？"

宽宽松松的一条大棉裙，从头到脚包得结结实实的，还是怀孕时穿的孕妇裙吧？看着就又老又土。

"我穿的什么衣服？睡衣哇。"幽雅没好气地扫了我一眼，"你嫌弃是不是？"

"是有这么点嫌弃，"我笑嘻嘻地说，"好了，老婆我去洗澡，你一会儿去床上等我。"

"你自己去睡书房吧，我要去陪俊俊，他今天有点发烧。"说着幽雅就奔去房间不再理会我。

我有些失落地看着她急匆匆离去的背影，心里有几分拔凉，没一会儿幽雅便抱着俊俊匆匆出来，焦急地说："郝子君，俊俊有些反复发烧，吃了药退不下去，你带我们去医院吧？"

我打了个哈欠，对幽雅道："我刚喝酒了，现在不能开车。"

幽雅长叹了口气，甩了一个大白眼给我："算了，指望不上你，我自己去。"然后匆匆忙忙抱着俊俊大半夜地去医院了。

## 二

我洗漱完毕躺回床上的时候，虽然身体极其疲惫，但是脑袋却无比的清明，想着自己跟幽雅最近的生活，总觉得哪里有什么不对劲。

自从有了俊俊后，我跟幽雅之间似乎少了很多相处的时间，我在埋怨她把所有的重心都围绕着儿子俊俊忽视我，而她似乎也在责怪我对俊俊不尽心，不像一个合格的父亲。

像这种大半夜我醉酒回来，俊俊发烧，幽雅一个人开车带去医院的事，不止一次发生了。每一次从医院回来，幽雅都会跟我说一句话："你是俊俊的爹，可是关键时刻都是我这个妈在顶上，我跟儿子的世界，需要你的时候，你总是不在，以后我会越来越强悍，也越来越不需要你。"

不知道为什么，今夜我有些伤感。

抬脸看着墙壁上的婚纱照，我跟幽雅在万花丛中绽放的笑颜，甜得像蜜。那时候的时光，就如盛开的玫瑰，芳香迷人。

我的思绪也回到了当初恋爱甜蜜的最初，那时候的我，那时候的幽雅，那时候还没有俊俊的我们，是那么甜蜜、幸福、和谐。

有了俊俊之后，我们甜蜜和谐的生活就变成了三个人的，我跟幽雅好像就没有二人世界了。

以后我跟幽雅的生活会怎么样呢？

我不知道，我不敢想，也不愿意想，我就希望我的爱妻幽雅能够回到从前，从前只有我们幸福和谐的时光，而俊俊，我希望他是我们幸福的牵绊，而不是负担。

带着这一份祈求，我沉沉地进入了梦乡。

梦里，一家三口都是幸福的笑颜。

## 三

俊俊这次发烧反反复复折腾了大半个月，幽雅的脸色每天都很不好，见到我回家又帮不上什么忙的时候，更是恼怒地牙痒痒，口气不善道："郝子君，你不回家，我看不到你，我对你没指望，我便不会失望，我现在能看到你，你却不顶用，我心里难受得火苗一把一把的。"

"幽雅，我知道你照顾俊俊很累，但不是我不想帮忙，而是我帮不上呀。"我有点委屈，最近我早回家了不少时间，但俊俊只黏着幽雅，我抱他哄他都不要，我又不会洗衣做饭，在家也只能干瞪眼。

"你抱俊俊的时候，就不能少看一会儿手机吗？"幽雅口气变得无奈，"你陪他玩的时候，就不能少接几个电话吗？"说完幽雅深深地叹息了一声，"孩子是需要专心陪伴的，你这样带他，他肯定不喜欢，就会排斥你。"

"我不看手机，怎么随时了解股票行情？我不打电话及时处理事情，你以为钱能从天而降吗？"

"算了算了，我跟你没话说。"幽雅气恼地推开我，"你走吧，你去应酬，你去赚钱，你别要这个家了。"

"幽雅，不带你这样不讲道理的。"我试着跟幽雅讲道理，却被恼羞成怒的她一把推出家门，狠狠地当我面摔上门，差点撞歪我鼻子。

如果爱，请不要放手

我跟幽雅有了第一次争执，很快便有第二次、第三次……

又三年的时间过去，这时的我已经有了一家规模尚可的房地产公司，而幽雅彻底成了一位在家围着娃转的全职主妇。我们夫妻两个的生活节奏跟模式完全不在一条道上，晚上我回家的时候，她带着孩子早早睡了，早上我起来的时候，她已经送孩子去上学了。有时候一天都碰不到一次面，更不要说浓情蜜意的亲热与沟通了。就算是例行公事的那什么一下，也都是敷衍了事。

或许我跟幽雅已经到了"七年之痒"吧。

我爱我的家，我爱我的孩子，但是我为了应酬不得不在灯红酒绿中穿梭，逢场作戏喝一杯杯的酒，唱一首首的歌，搂一个个不同的姑娘，在万花丛中流连放纵。

男人一旦得意便容易不可一世，我看幽雅越来越不顺眼，想着我们几乎名存实亡的婚姻，我便有了离婚的念头。

敏感的幽雅第一时间便察觉，她约我进行了一次谈话，见我已经去意已决，便心灰意冷地主动提出了离婚。

四

恢复单身的我，以为全新的生活来临了。却不料公司遇到了前所未有的挫折，雪上加霜的是我的合伙人携款出逃，整个公司乱成一锅不说，我从一个有亿万身家的小富豪瞬间变成背了一锅债的"负翁"。

卖了公司、房子、车子，我成了一无所有的人，父母看着我痛心疾首，砸锅卖铁给我凑钱还债却也只是杯水车薪。曾经厮混在一起的狐朋好友生怕我去借钱而找各种借口远离我。

我的生活一下子黑暗得看不到任何希望，站在高楼顶，无数次我都有纵身一跃的冲动，但是脑海里却会浮现出幽雅跟俊俊，我想他们，我放不下他们，但是我却没有脸面去找他们。

幽雅却主动来找我了，她看着我，神色平静地问："你最近好吗？"

"好吗？"我苦笑，"你看我现在这样算好吗？"也不问她想喝什么，手忙脚乱地帮她倒了一杯水。

公司倒闭，我整个人精神支柱垮掉，颓废到甚至想自我放弃了。

"你的事，我都知道了。"幽雅眸光真诚地看着我，甚至带了一点怜悯的意味，"郝子君，你能爷们儿点吗？"

"我现如今一无所有，我还怎么爷们儿？"我自嘲地笑笑，"幽雅，跟我离婚，你是明智的。"至少离婚那会儿我还有钱付大笔赡养费，还能够心存愧疚而给她豪宅、豪车。现如今的话，只怕得跟着我喝西北风。

"我明智吗？"幽雅看着我，"你觉得我跟俊俊需要的就只是那些没有温度的人民币吗？"

我不知道该怎么回答她，半晌后只能敷衍了句："有总比没有好。"

幽雅深深地叹了口气，抓着桌子上的水杯，缓缓地喝了一口，才慢条斯理地开口："郝子君，我跟着你的时候，你一无所有，生下俊俊的时候，条件也不算太好，可是我都没怪过你，怨过你，可是你知道最后为什么你条件好了，而我们却离婚了吗？"

我低着头沉默不语，其实这个问题在离婚后我心里也问过自己无数次，到底是为什么？我明明是那么爱着幽雅，那么爱着我儿子，可是我却选择了离婚，跟他们分开过日子。

我想要的重生，到底是什么？可是来不及想明白，我便厄运连连，我想，我是应了那么句话，不作不死。

"郝子君，这个社会很现实，所以钱很重要。"幽雅看着我，"你能赚钱，你肯为我们母子打拼赚钱，我是开心又感动的。"说到这里，她的神色带着些恍惚，好像也陷入了曾经美好的回忆里，"有段时间，我特别特别骄傲我嫁给了你。"那时候，无数的小姐妹都夸她是幸福的，因为能够坚持嫁给爱情的女人，老公又上进，前途无量。这是一件值得骄傲和炫耀的喜事。

"可是时间久了，我发现其实并不是那么回事。"幽雅的神色开始清明，语气也变得犀利起来，"你一副为了我们好而赚钱的高高姿态，让我和俊俊不知不觉沦落为依附你的米虫，你把家，把俊俊交给了我，却并没有重视我。"

"我怎么没有重视你？"我理直气壮地辩驳起来，"家里所有事都听你的，我赚的钱也都给你支配，这样还不叫重视你吗？"

幽雅却笑了："郝子君，既然咱们离婚的时候没把话说开，那么我今天就跟你再扯扯。"

"家里所有事都听我的，那是因为你懒。"幽雅直白道，"你在家除了玩手机，就是看电视，你有主动做过一点家务活吗？"不等我回答，幽雅继续道，"好吧，不做家务活是很多男人的通病，我可以忍。"喝了口水，缓了口气，"你的脏衣服、臭袜子到处乱扔，每次给你洗，我都要挨个角落去给你找，算了，我也都可以忍。"

我硬着头皮插话道："这些生活细节，十个男人八九个都这样嘛。很少会讲究这些的。"

"是啊，就算心里不舒服，这些我都没有真的跟你生气。"

幽雅语调一转，神色严肃起来，"可是我不能忍，作为一个父亲，你竟然连自己的孩子都不爱。"

"不爱俊俊？你开什么玩笑，"我飞快地打断幽雅，"要不是为了俊俊，我至于这么辛苦打拼，心心念念想给你们过上好日子吗？"

"你所谓的好日子是什么？"幽雅不急不缓地看着我问，"很多很多钱？买很多很多不实用的东西？"不等我出声回答，她顶了句，"你觉得俊俊需要什么？"

俊俊需要什么？我不知道，因为家里这些事都是幽雅在操心。

"郝子君，我前面说过了，男人赚钱很重要，"幽雅放下杯子，"但是顾家也很重要。"说到这里，她认认真真地看着我，"你就算赚再多钱，在俊俊需要父亲的时候，你不在身边，等你错失他童年成长的时候，你就算有再多钱，你能买回来那些逝去的时光吗？"

如果爱，请不要放手

"好吧，就算我错了，可是你呢？"虽然幽雅说得很有道理，但是潜意识里我还想挣扎，"有了俊俊后，你所有的注意力就围着俊俊，你想过我吗？"

"怪我不重视你，怪我没照顾好你？"幽雅问得直白，见我不说话，她叹了口气说，"如果你肯多花点时间跟心思在俊俊身上，让我不那么操劳的话，我自然就会空下时间来多重视你。"

道理好像都对。

幽雅摇摇头，口气带着几分失望，"郝子君，你以为在外赚钱、打拼很辛苦是吧？"见我沉默，她继续说，"我并不是游手好闲的米虫，我也曾豁出命为你打拼过，后来为了完整的家庭，要了俊俊这个孩子，我才全职在家做主妇的。"

想到能力超强的幽雅，为了俊俊，收起了所有的棱角，安安分分地做了柴米油盐的主妇，我的心里顿时有些愧疚。

"郝子君，我可以坦白地跟你说，做全职主妇比我上班还累。"幽雅深深地叹了口气，"如果我们两个角色对调，我可以自信地跟你说，我在外打拼，不说能创造比你更优渥的条件，但是肯定是不会比你差的。"

我认同地点点头："你确实有这样的能力。"

"到现在你还不明白吗？"

## 五

我没有接话，心里却清楚幽雅的意思。

可是就算知道了，那又怎么样呢？

就算后悔了，又怎么样呢？婚都离了。

"郝子君，说话。"幽雅不耐烦地催促。

"幽雅，你说得很有道理，而我明白得太晚。"我认真地想了想后才说，"如果是离婚那会儿，你愿意跟我这样推心置腹地聊聊，打死我也不会离婚的。"说到这里，深深地叹了口气，无奈道，"可是现在，一切都晚了。"说完，自嘲地摊开双手道，"我现在是个一无所有的穷光蛋。"

"有什么早跟晚的？"幽雅不满地打断我，"能明白就还算有救。"

我茫然地看着幽雅，不知道她葫芦里今天想卖什么药。

"离婚了，难道俊俊就不是你儿子了吗？"幽雅眨巴着漂亮的黑眸看着我问，"离婚了，难道我就不是你亲人了？"幽雅见我沉默，从她包里掏出一张银行卡来，"这里有我卖房子跟车子的钱，密码是你生日。"

"我……我不能接受。"

"我也不是白给你，算暂时借给你渡过难关的。"幽雅勾着嘴角一笑，"等你东山再起，赚钱了加倍还给我呗。"

"我，我对不起你，也对不起俊俊。"

"现在说这些，你不觉得晚了吗？"幽雅瞥了我一眼，"郝子君，你知道我为什么帮你吗？"

我茫然地摇头，在我风光无限的时候，我嫌弃幽雅，却没有想到落魄的时候，她却依旧愿意回头来帮助我。

"这么多年，我们相爱过，又彼此伤害过，最后选择了好合好散。"幽雅缓了口气，"那些过去的时光，不管好跟坏，都是属于我们的时光，我们走过的岁月。"

明明觉得枯燥、乏味的过去，可是回忆起来却发现哪怕是争吵，也都历历在目。

"郝子君，从我选择跟你在一起的时候，我就坚定地相信，你一定会给我幸福好时光。"幽雅看着我，凄婉地笑笑，"虽然，这时光有些短暂，但是我很幸福。"

我愧疚地说不出话来，我辜负了幽雅的信任。

"你别沮丧，你现在所遇到的波折只不过是暂时的。"幽雅给我打气，"只要你有一颗进取的心，生命不止，战斗不息。你一定能够重新开始的。"

"幽雅，如果我重新开始了，你能不能回到我的身边？"我目光灼灼地看着她，此时此刻，她和俊俊是我重新开始的全部希望之火。

"要不要重新开始是你的事，能不能重新开始是老天爷的事，"幽雅摊了摊手，"跟我关系并不大。"

如果爱，请不要放手

"你这是婉言拒绝我吗？"心里一阵说不出来的失落感。

"郝子君，命是你自己的，命运也是你自己主宰的，你不要把希望加注在别人身上。"幽雅义正词严地说，"我回头来帮你，并不是想赢得你的感激，也并不是抱着复合的姿态，我只是想帮你找回自己，找回你被打击又丢失的自信罢了。"说完这句话，幽雅叹了口气补充了句，"至于我们能不能重新开始，一切还得要看缘分。"

<h2 style="text-align:center">六</h2>

有了幽雅的帮助，我很快将公司债务还清，接着重新开始寻找项目投资。

见过很多人，求过很多人，各种推荐，各种劳碌奔波，一天二十四小时恨不得变成四十八小时，每天睡四个多小时，每一分每一秒对我而言都异常珍贵，我从基层最苦的行当做起，渐渐站住脚。

三年后，我再次买了房子、车子，拥有一家小型的物业公司，幽雅依旧是那个围着我儿子俊俊转的全职主妇，可是在我眼里却成了最亮眼特别的女人，我费尽心思重新去追求她，花了比过去更多无数倍的心思跟时间，总算是抱得美人归，一切又开始回到最初幸福的模样。

生命不止，战斗不息，只要我们足够勇敢，一切都还来得及。

当然我知道，如果没有幽雅的不离不弃，没有幽雅的相扶相持，也就没有今天的我，未来，无论我的成功有多辉煌，我再也不会去嫌弃我的妻子。

当然，经过这一次起起落落后，我终于懂得孩子的成长父亲跟母亲缺一不可的，我会和家人一起参与亲子活动、去旅游，减少了没必要的灯红酒绿，也减少了一些无关紧要的应酬。

　　狐朋狗友的兄弟少了很多，但是一家人在一起的温馨时光多了。

如果爱，请不要放手

# 再见了，我的男神

## 一

顾伊蕾说过："闻香识女人，周叶多，你可以不爱化妆，不爱名牌包，但是你身上一定要带着迷人的香味，让人闻着就记住你。"

顾伊蕾还说："周叶多，每个女人都会有独特的味道，你一定要选择自己喜欢的，并且让人闻着就愿意跟你走的。"

周叶多则是无语地翻翻白眼："就算再大牌的香水，不是限量版的话，每个人都用了，那谁还能记得谁？"随即大煞风景地又补充了句，"哪怕限量版的，也不是单一的……"在她的想法里，女人自己本身的味道，才是独一无二的味道。

顾伊蕾细致地朝自己周边喷了下香水，心满意足地闭着眼睛闻了下，半晌后才心旷神怡道："跟你这种人对牛弹琴，我就不浪费口水解释了。"

周叶多闻着熟悉的香水味，只是勾着嘴角淡然一笑："你听过《香水有毒》这首歌吗？"

顾伊蕾看着周叶多，随即张口哼哼："你身上有她的香水味，是我鼻子犯的罪，不该嗅到她的美……"最终不动声色地叹息一声，"不管怎么样，周叶多你要记住，女人的幸福都是靠自己拼出来的，生命不止，战斗不息，永远不要轻易放弃。"

周叶多点点头，口气坚定地回道："我会坚持到底。"哪怕看到自己丈夫跟别的女人发暧昧消息，哪怕这个女人不是别人正是自己的好闺蜜顾伊蕾。

就如香水有毒的歌词一样，"你身上有她的香水味，是我鼻子犯的罪，不该嗅到她的美，擦掉一切陪你睡。"

再见了，我的男神

爱是一件很复杂，但是又很简单的事，复杂的是这一路必须要经历无数的风风雨雨，才能够携手共进，白头到老是一个很漫长的代名词；简单的是，只要我的心认准了一个人，偏执并且简单地坚持到底就可以。

我爱我的丈夫，我爱我的家，所以哪怕我明知道有瑕疵，我也甘之如饴，因为这个世界上本就没有完美的人，完美的事，我们所能做的只是不断去追求更美，更完善，将那些不美好的，不和谐的，改善而已——我是周叶多。


二


周叶多跟顾伊蕾认识多久了？从小学到初中，又进同一所高中，最后大学还是同个寝室，粗算一下大概有二十年的交情了。

二十年是什么概念？人的一生有多少个二十年？

周叶多不知道顾伊蕾跟自己的丈夫林莫是什么时候好上的，但是她知道自己是没有办法去捅破这层关系的，一旦揭开，她跟林莫的婚姻也就出现了危机，跟顾伊蕾之间的闺蜜情也必定走上绝路。

不去捅破这层关系，装傻继续若无其事地生活？可是周叶多真心难过，就好像吞了无数苍蝇一样在心里头犯恶心。

最开始的时候是怎么发现他们两个有故事呢？周叶多自己也不清楚了，或许是发现林莫平时身上带着香甜却又陌生的香水味吧。

而这个香水，偏偏又是顾伊蕾喜欢的牌子，她不止一次逛街的时候带自己去这家专卖店闻过。

女人对于包包、香水之类，异常敏感，她本来不想当回事，可是几次三番闻着这样熟悉却又说不上来的香水味，她想装傻都不行。

她含蓄地问林莫，你最近换香水了吗？

林莫则是一脸茫然：“我从来都不用香水。”

周叶多想勉强笑笑，却发现都笑不出来，她不想撕破脸，所以没有直接问，既然你都不用香水，那你身上为什么会有那么奇奇怪怪的胭脂味？

林莫心虚地撇开视线，多嘴地解释了句：“或许我同事喷的，被熏到了。”

“是吗？”周叶多笑笑，“味道还不错。”

“你喜欢的话，改天我帮你问问什么牌子，我给你买。”林莫忙讨好地哄着。

“嗯。”周叶多淡淡地点点头，不再继续深究这个话题。

有时候逃避比较容易，她承受不起失去最爱的男人跟亲爱的闺蜜之痛，她只能选择委屈自己，装聋作哑。

可是，从那一天无意撞破他们开房起，周叶多就觉得自己的世界崩塌了，原来他们背着她竟然早就勾搭成奸，自成一体了。

是继续忍下去，还是在绝望中爆发呢？

她想过去抓奸，想过极端的报警，搞臭这两个人的名声，甚至想了多种方法去报复他们，可是最后她却什么都没有做，灰溜溜地离开了那里。因为她下不去手，去伤害这两个她如此珍视的人，哪怕他们这样不要脸地背叛了她，抛弃了她，狠心伤害了她。

顾伊蕾，为什么偏偏是顾伊蕾？林莫出轨的对象为什么是自己最亲、最好的闺蜜？周叶多真是恨铁不成钢，换作任何一个女人，她或许就可以肆意吵闹，满世界嚷嚷着去诛小三，哪怕她自己不去，顾伊蕾这个好闺蜜都会挺身而出，帮着她去修理林莫跟小三了。

再见了，我的男神

可是现在顾伊蕾挖了她的墙脚，自然也就没有帮周叶多来出头的闲心了。

林莫，为什么自己的"好"丈夫会背着自己出轨？周叶多真是想破脑袋，也想不通他们两个为什么要这样对待自己？

周叶多失去了爱情，也失去了闺蜜友情，她觉得自己痛苦又孤单，连个倾诉的对象都没有。


三


周叶多无法面对这两个人，她选择了逃避，一个人若无其事地出门旅行，她不接顾伊蕾电话，不接林莫电话，也不主动汇报平安，敏感的顾伊蕾觉察出了她的不正常，给她留言无数，周叶多都选择了无视。

周叶多实在无法若无其事地跟他们继续相处下去。

顾伊蕾想尽办法终于搞到周叶多的行程，她毫不犹豫地飞去了周叶多所在的旅游城市约她好好谈谈，周叶多知道自己无法回避，她忐忑地赴约，她不知道跟顾伊蕾捅破这层纸后该怎么办？更不知道跟老公未来的路该怎么走？

有时候面对也需要一种勇气，哪怕做错事的不是她，她却要承担一样的悲痛，因为二十年的交情，周叶多和顾伊蕾闺蜜情深到比老公还要亲密。

顾伊蕾直白道："多多，你跟林莫离婚吧。"

周叶多满腔怒火，只想对顾伊蕾大吼，勾引我老公就算了，你竟然还能这样大言不惭要我离婚，你是人吗？可是还没来得及吼，顾伊蕾从包里拿出一沓照片对她说："林莫不适合你，他出轨了。"

"对啊，出轨对象不是你吗？"周叶多神色幽怨地盯着顾伊蕾，口气带着质问，"你为什么要这样对我？"

"我只是其中之一。"顾伊蕾稳稳心神，正色道，"周叶多，你是我最好的朋友，没有之一，这么多年的感情，我只问你一句，你信不信我？"

"我信你，可你却跟我老公一起背叛我。"周叶多的眼泪控制不住地流，"顾伊蕾，我们这么多年的感情，你找什么样的男人不好，非得找林莫？"

"我根本不想找林莫。"顾伊蕾看着周叶多，神色淡然，"是这么多年，林莫对我一直贼心不死。"

"所以，你就成全他了？"周叶多嘲讽，"让我离婚，你跟他在一起是不是？"虽然周叶多知道，她跟林莫在一起前，林莫心中的女神是顾伊蕾，但是追不到，后来被周叶多的朴实打动，从而认真追求周叶多。

"不是。"顾伊蕾长叹一口气，"周叶多，你这个傻孩子，我是为了你。"

周叶多沉默地看着顾伊蕾，没有接话。

顾伊蕾深深地呼吸了一口气，稳了稳心神，想好了写措辞，才娓娓道来："周叶多，你是我最好的朋友，没有之一，你一定要相信我，我绝对不会背叛你，伤害你。"

"好，你说吧。"周叶多决定听她解释一次，做好了哪怕听了之后会让人伤心欲绝的准备。

四

接下来，顾伊蕾心平气和地告诉周叶多，当初林莫对她贼心不死，她委婉劝过周叶多，最好不要选择这个心思多的男人。可周叶多那时候一头扎进了爱情，完全听不得劝说，风风火火地结婚，踏踏实实地关门过自己的小日子。顾伊蕾也就不再多言，而林莫对顾伊蕾不时表露爱意让她左右为难，她渐渐远离闺蜜，远离他们的家庭，希望他们能够和睦下去。

周叶多对林莫的信任，让顾伊蕾感觉到这个傻姑娘太过放纵林莫，而林莫本身花花肠子就多，经不得如此放纵。果然顾伊蕾一留意便发现林莫在外面找了小三，并且悄悄把财产转移，想踹开周叶多。顾伊蕾再次提醒周叶多，但是周叶多什么都不愿意说，甚至盲目地相信林莫。顾伊蕾没有办法，利用林莫对她这么多年求而不得的渴望主动接近他，若即若离地吊着林莫跟他玩暧昧，让他跟小三的计谋没那么快实施，间接打压小三的同时小心地帮周叶多收集证据，准备告诉周叶多，但是又不知道该从何说起。

毕竟她自己扮演的角色有些不太光彩。

把事情完整地给周叶多讲完，顾伊蕾道："首先，我跟林莫从没有发生关系，这一点请你放心。其次，如果你还想跟林莫继续婚姻，那么看住他，别让他出轨，还有财产转移，最后给你背一身债务了再踹你出门。"

"谢谢你告诉我真相。"周叶多感激地笑了。还好，她的闺蜜没有背叛她，瞬间有一种失而复得的狂喜。

至于这个出轨的老公嘛，周叶多虽然有些不舍，但是毫不犹疑地选择了放弃。

周叶多跟林莫离婚了，她其实早就发现她跟林莫之间有问题，只是她自欺欺人不想去揭穿，说白了，就是没有勇气面对。

想当初，林莫可是她男神，她心心念念想要过一辈子的人，可是却没有想到，嫁给男神之后发现，原来该远观，该膜拜的朱砂痣，放心底怀念就好，真拿来当老公了，很多时候真心不顺手。

鸡肋的感情就这样来了，留之无用，去之可惜。

可是，顾伊蕾的摊牌让她不得不正视自己婚姻的病痛，她爱林莫，直到离婚甚至离婚后都还爱着，但是她不能原谅这个男人对自己闺蜜惦记着，更不能原谅他的冷漠无情，竟然想财产转移了让她背一身债务，而自己却跟小三双宿双飞。

事后，顾伊蕾苦笑道："你个丫头，外人不防，就防我这个闺蜜是不是？"

周叶多苦笑："不知道为什么，知道你没背叛我，我突然觉得心里好受了一点，不然你跟林莫的双重背叛，我想这辈子我都有心理阴影，怕是会失去爱人的能力了。"

"多多，你还年轻，一定要勇敢起来，幸福需要自己去抓。"顾伊蕾安慰地拍着周叶多的肩膀。

周叶多认同地点点头："我会勇敢地一直往前走。哪怕前途布满荆棘，我也一定披荆斩棘地前进，因为幸福属于勇敢的人。"

而这一段伤心、失败的过去，至少让她看明白了许多道理，尽管学费昂贵，但是也算是值得了。

再见了，我的男神

# 勇敢做自己，才值得被人爱

一

王娅依眼前桌面上已经堆了不少的酒杯，而之前灌的酒，也开始有后劲上头了："米雪，你喝慢点，我头有点晕。"

"你怎么就这点酒量？"米雪不满地嘟着嘴，"喝得不尽兴，不行，我要去找人喝酒。"

王娅依还没来得及开口阻止，米雪已经端着酒杯朝旁边一桌走去，嘴里熟络地招呼着："嗨，有没有帅哥跟我喝几杯？"

"哟，美女啊。"邻桌的男士起哄，口哨声不绝于耳。

米雪只是轻轻地比画了一下手指，然后看着成功安静下来的邻桌，一本正经地说："我要挑你们桌最帅的男人喝一杯，你们说行不行？"

那一桌大概有四五个男人，见米雪这么可爱，便也玩心大起，各个毛遂自荐道："妹妹，你看哥哥我帅不帅？"

"我，我比较帅。"

"你们能选一个帅哥出来吗？"米雪笑嘻嘻地，"不要说自己帅嘛，给人感觉很不要脸。"

就算是骂人的话，带着撒娇的意味，也让人听得心痒难耐。

王娅依就这样愣愣地看着米雪，最终跟一个长相俊美的男子火辣辣地喝了个交杯，然后摇摆着身姿笑嘻嘻地朝自己走来。

王娅依惊诧地看着米雪，她真的不一样了。

这简直就是夜场小霸王啊，撩起帅哥那是一套又一套。

米雪微笑着朝着王娅依扬了下秀眉，摇摆着柔软的腰肢风姿绰约地走回来："怎么样？你要不要也来玩玩？"

王娅依忙摇头拒绝："算了，我没那个魅力。"

美女去搭讪人家才会给面子，要长得不好看的去搭讪，人家会理你才有鬼。人贵有自知之明。

"你这跟我谦虚了呢，"米雪笑着打趣，"你的魅力，还需要我夸吗？"

"米雪，你变了。"王娅依犹豫了下开口道。

"是啊，我变了。"米雪勾着嘴角浅淡地笑笑，"因为我离婚了。"

"什么？"王娅依生怕酒吧里的音乐声把米雪的话淹没，听不真切，难以置信地确认了一遍，"米雪你说什么，你离婚了？"

眼见米雪点头，王娅依的嘴巴却是惊恐得合不拢，因为米雪的离婚就跟她当初突然说结婚一样令人震惊。

王娅依的脑袋里清晰地浮现出来，米雪当初说要结婚的场景是那样信誓旦旦："娅娅，我要结婚了，我会幸福的。"

勇敢做自己，才值得被人爱

"可是，你放弃了家世极好的豪门大少，去选择一个普通家庭的男人，真的是一种幸福，真的是对的选择吗？"王娅依想问这句话，但是却说不出口。米雪并不是一个贪慕虚荣的女人，从进音乐学院开始便是系花的她，有的是各种有钱男人的追捧，她却保持着单身，选择跟王娅依她们这一群姑娘厮混在一起。

米雪有1米68的身高，50公斤的体重，前凸后翘的身材，五官长相精致，黑溜溜的大眼睛带着勾人的魅惑，就算不用化妆都漂亮得令人侧目。她完全是一个可以靠刷脸吃饭的大美妞，却偏偏去跟人拼才华。她是学生会漂亮却又严厉的会长，是校广播站最甜美的播音，也是话剧社各种剧本女一的最佳人选，她钢琴弹得很棒，轻松就拿了八级，古筝、书法都很拿手，大学毕业，我们都以为她去电视台实习是奔着女主播或者当家花旦去的，谁知道她却选择了做一名播报民生的实习记者。

我们都不解地骂她脑袋被驴踢了，可米雪说选择这一行，为广大民众解决实际问题，比起华而不实的那些职位，她更愿意接地气，也更有意义。

米雪这档节目很快被列为电视台重点项目，我们正感慨她要苦尽甘来时，她却告诉我们，她要结婚了。并且说结婚对象不是傅子祺而是刘成刚时，我们都无法淡定了。

傅子祺是我们的同学，进大学就一直追求米雪。他的父亲是我们电视台的台长，母亲则从商，是多家品牌连锁店的老板。他家住着庄园式的别墅，开着好几辆豪车，只不过父母各自再婚，家中成员多了点，关系复杂了点。

而刘成刚呢，很普通的一名技术理工男，家境一般，父母普通工人。当然除了他自身身高和长相外，真的是没什么优势。

我们都觉得米雪下嫁了，刘成刚根本就配不上她，可是米雪只是笑笑："我没有疯，我知道自己在做什么，日子是自己过的，幸福是自己争取的，我选择刘成刚图的就是他家家境普通简单罢了。"

这次王娅依终于知道米雪家的秘密，她是一个宠儿，父母经商房地产，家境优渥。只不过父母感情并不太好，各自有归属，为了米雪才勉强离婚不离家。米雪结婚，根本不图男方家有钱或者有权有势，只要她喜欢便可以。

米雪喜欢刘成刚，喜欢他家那种简单平稳的幸福，所以她毫不犹豫地在我们各种质疑中，一头扎进了婚姻。

米雪只想要两个人平平淡淡、踏踏实实地过日子，而不是像自己父母那样，在外人面前表演秀恩爱，回到家里又各自分房，互不理睬的生活。

王娅依不知道米雪的选择是不是对的，但是作为她的闺蜜，她还是抱着祝福的态度，希望她幸福。

二

嫁为人妇后的米雪过起了简单的生活，她安分地守在家中，朋友圈不时秀秀自己的厨艺，写写感性的美文，怀孕之后开始母爱泛滥，晒娃成了她一大爱好。

幸福的时光总是不知不觉地流淌，转眼米雪的孩子都五岁了。而她曾经的追求者傅子祺却依旧玩心不定，听说相亲了无数个姑娘，却没有一个中意的，交往了无数女朋友，也没有一个领回家能当媳妇的。最后总算是找了个门当户对的姑娘，在家里的压迫下勉为其难地结婚了，然而婆媳问题、妯娌问题，家里矛盾很多，熬不过一年时间就匆匆离婚了。

勇敢做自己，才值得被人爱

王娅依再见米雪的时候还跟她打趣："米雪，在选择婚姻这条路上，你还真是明智的，要是选择了傅子祺，只怕……"只怕当初结婚的时候风光大嫁，婚后的苦楚就不堪言语了。

米雪只是勾着嘴角浅淡笑笑："娅娅，爱情也好，婚姻也罢，都是自己选择的道路，不能够去相比较，因为比不了。"

"也是，自己觉得幸福就好。"王娅依点头赞同。

"娅娅，生活是一条只能前进、无法后退的单行线，你以后不管是选择谈恋爱，还是婚姻，一定要明白，没有什么是永恒的，而你所能做的事，就是尽量把幸福的时间延长。"

见王娅依不断点头，米雪又笑着催促："哎，现在跟你说这些高深的东西，你也不知道，算了，你还是先找到一个合适的恋爱对象再来谈这些事吧。"

米雪的朋友圈很久没有更新了，王娅依却找到对象恋爱了，米雪笑着送祝福，王娅依结婚了，米雪包了大红包带着女儿一起出席了她的婚礼，流下了感动的眼泪。

生活不紧不慢地过着，王娅依才跟老公出国度了一个月蜜月，回来却收到米雪要离婚的消息，她完全不敢相信，这才约米雪出来见见。

米雪竟然把约会地点定在酒吧，王娅依带着疑惑赴约，看着米雪那妖娆的姿态，她有一股说不出来的心疼。

米雪，你到底怎么了？到底发生什么事了？

三

在王娅依的追问下，米雪跟她说了一个狗血的故事。

原来她跟刘成刚结婚不久，两个人就因为三观不同而发生了些矛盾，但是她劝慰自己，两个人从恋爱到婚姻，本来就是一种磨合，不管是性格磨合，还是生活习惯的磨合，只有彼此的包容跟相互的迁就，才能够继续走下去，她放低了自己的姿态，迁就着刘成刚，迁就着这一段婚姻。

有了孩子以后，米雪的迁就就更多了，然而她的包容、她的宽恕并没有感动刘成刚，相反将他纵容得有些不知天高地厚。尤其这几年，刘成刚在米雪家的帮助下，事业大有起色。从一个普通的理工技术男一跃成为职场精英，有了财气，他在米雪面前更加趾高气扬，理所当然地出入灯红酒绿，与来来往往的各色女人逢场作戏。

米雪找他哭过、闹过、吵过，但是最终还是想坚持着把日子继续过下去，哪怕过着她最厌恶的、像父母一样的婚姻，逢场作戏的婚姻，她也想给女儿保留一个完整的家。

米雪真的很痛心，自己七年的婚姻，千疮百孔的婚姻就算自己再怎么用尽心思补救，依旧无济于事，哪怕自己无底线地妥协。小三的上门挑衅终于让她在眼泪中做出抉择。米雪说了一句话："生活不如诗。"然后带着女儿坚持跟刘成刚离婚了。

"任何一段感情都会这样，从最初最美好的期待到最后一点点的心如死灰，每一次的吵架、冷战，都将彼此最差的一面暴露出来，恋爱是唯美的，自带美图功能，可以将情人身上所有的缺点都细小化，优点无数倍地扩大。而婚姻则是相反，所有细节化的缺点都会被放大无数倍。"米雪抓起桌子上的烟盒，深深地叹了口气，"我也不知道从什么时候开始，我也变成了这样寂寞如烟的女人。"

"米雪，失败一次并不可怕，关键你得要振作起来。"

"放心吧，"米雪拍拍王娅依的肩膀，"这几年的煎熬早把我磨炼油得异常坚强了，我现在很好，真的很好。"

"我相信明天的你会更好。"王娅依安慰道。

四

米雪从一个宠儿到为了爱情迷失自己，最终又在失败的婚姻里看清了自己。找回自己后的米雪，重新开始活得光鲜亮丽，她在高档酒店给人弹钢琴，在茶艺室内举止优雅地跟人谈文学。她漂亮迷人，就像女神一样重新走回大众的视野里，他们酒店的老板，那个财富杂志榜单上的钻石王老五也铆足劲了追求她，米雪也只是定位在男女朋友，她却不敢再去轻易地尝试婚姻，她吸了口烟，吐出一连串幽雅的烟圈后，风轻云淡地说："娅娅，暂时我还不想结婚，因为我还没有做好准备。"

"那你不怕钻石王老五被人抢了去？"王娅依打趣道。

"是我的就总归是我的，不是我的，强求也没用。"米雪笑得和煦，"只有勇敢地做自己，才值得被人爱。"

从上一段失败的婚姻里，米雪明白，恋爱也好婚姻也罢，一个人的付出和包容，只会成就另外一个人的自私。她想要获得再一次的幸福，就不能够迷失自己，婚姻需要彼此相互的包容和退让，前提是相互的。

王娅依相信，米雪会幸福，并且这一次一定是稳稳的幸福。

# 离开，只是想明白究竟爱谁

一

我跟陈瑾认识三天就决定结婚，是的，闪婚。

我们是朋友介绍的，第一天一起吃烤肉，相谈甚欢。晚上又共进了甜蜜的晚餐，接着唱歌、喝酒，半夜直接开房，但并没有做什么。

第二天醒来，两人尴尬对视，自然而然地扑倒，完事后一起洗澡、刷牙、洗脸、起床，整个过程像是相识很久一样的熟稔温馨。

陈瑾说："做我女朋友吧。"

我脑子里程峰的俊颜一闪而逝，但是仍旧毫不犹豫地点头答应："好。"紧跟着问了句，"你会不会觉得我很随便？"虽然事实上好像自己也觉得挺随便的。

"不觉得啊。"陈瑾回得一本正经，"你是个好姑娘，如果随便，昨天晚上我们就该在一起了。"

虽然迟滚了一晚上的床单，但是整个意义是不一样的。

陈瑾这一晚上很认真地想要跟她处男女朋友，然后早上滚的时候，他便有一种心愿得遂的满足感。

"你介意我不是处女吗？"在我想来，我跟他这样见面就扑倒的女孩，又不是第一次，在男人眼里或许就是那种随便能乱来的。

"不介意。"

"敢不敢结婚？"或许不相信陈瑾的回答，我脑热地问。

"敢，有什么不敢？"陈瑾笑，"要不明天去拿证？"

"可以，谁怕谁。"隔天我跟陈瑾真去民政局领证，然后告诉双方家长，最后确定婚期在两个月后。

我知道我疯了，在程峰跟我说他爱上别人之后，我就开始发疯，我希望他能够回来阻止我任性胡闹。

我看着红彤彤的结婚证，上面印着我跟陈瑾的名字，我们提前洞房，最终却也是合法夫妻。

我却一点也没有结婚的喜悦。相反，我的心情很低落，恨不得马上冲进去，将结婚证换成离婚证。我怎么可以这样随便就结婚呢？

我要嫁的人是程峰啊。可是程峰，你在哪里？我都结婚了，你为什么还不出现？

二

简单说下我跟程峰的事吧。

我们是校园恋，大学毕业后一起租房在这座城市打拼，他说过二十八岁之前娶我，三十岁的时候我们计划要个宝宝，我们的生活不富裕，但是也不贫穷。

我们都是家里独生，苏州的房价还能承受，双方父母见过后毫不犹豫地资助我们贷款买了房，程峰有住房公积金，所以用他名字贷款，他帮我买了辆车。

当我满心欢喜期待将婚期提上日程的时候，他却开始一再推托，甚至连亲热都开始抗拒。实在抵不过我纠缠的时候，也都只是敷衍了事。

我跟程峰出现问题了，但是我找不到哪里不对劲，生活上他对我照顾得依旧一丝不苟，早上热牛奶，晚上冲蜂蜜水，刮风下雨都接我，给我买礼物、送惊喜。

直到程峰挽着小三上门跟我说，他出轨了，我才明白问题所在。

我们相爱七年了，从最初青涩的校园走到现在买好新房，只差一本结婚证了，他却硬生生地刹车，我真是连杀了他的心都有，可是在程峰往我银行卡里划了一笔钱，冷酷无情地把我从家里赶出来，东西扔得满地凌乱的时候，我除了哭泣，竟然连骂他的力气都没有。

程峰，那个将我爱如生命的男人，怎么说变心就变心了呢？

明明好好的一个大暖男，转眼间就变成了人渣。

我无数次地以为自己在做梦，醒来的时候会在家里，程峰会宠爱着我，早起准备热牛奶，晚上一杯蜂蜜水。可事实每一次我都是在车里，漫无目的地开车行走，看着窗外陌生的景致，像一只被丢弃的流浪猫一样无家可归。

我也不知道失魂落魄的我能去哪里？

不敢回家，怕挨骂，找不到程峰，我连想骂人都不行。

程峰把我的一切联系方式都拉黑了，我打不通他电话，也无

离开，只是想明白究竟爱谁

法给他留言，我厚着脸皮回家去找他，却发现他连房子都挂中介在卖，我用假名购买，中介说帮忙联系房东。

可笑啊，这七年的感情，他说放就真的放了，哪怕我再不甘心也无能为力。

我接受了失恋的事实，接受了被抛弃的事实，亲朋好友开始给我介绍对象，我来者不拒地相亲了一个月，各种各样的男人都见，但没有对眼的，直到遇到陈瑾。

第一眼看到他，我就发现他跟程峰眉眼相似，跟他相谈甚欢，扑倒与被扑倒只是顺水推舟，我当他是替身，所以放纵自己开玩笑，问他敢不敢跟我结婚？

哪知道他真跟我结婚。

骑虎难下，我们拍了婚纱照，定了喜宴，我们像所有热恋男女一样，感情升华。只有我自己清楚，我心里有一块地方空缺，竖着一块碑，刻着程峰的名字。

婚礼前夕，中介给我打电话，告诉我房东的消息，说他住院了，全权委托中介处理，只要我资金到位，马上可以办理过户手续。

程峰病了？那个健壮如牛的男人，那个给我安心依靠的男人怎么会生病呢？失恋后的我半死不活地都挺过来了，他怎么倒是病了呢？

事实的真相狗血却又伤人，程峰感染了艾滋。

他有一次陪客人去夜场的时候，客人老婆闹过来，酒瓶子打在小姐身上，血流满地，他去劝架，不小心被划伤了，血液混一起，然后不幸感染，而那个小三根本不是小三，而是那个充满歉意的小姐帮他演戏。

程峰不想拖累我，故意冷落抛弃我，伤害我，就是想我对他死心，可最终我还是知道了真相，我想悔婚了，那一夜璀璨的迷离抵不过我真心爱程峰。

陈瑾出来谈分手的时候神色忧伤，只是问我："你是不是真的想好了？"

我茫然地点点头："陈瑾，你是个好人，我对不起你，但是我不想骗自己，我放不下他。"哪怕他岌岌可危，但是能陪他多久便多久，我不能放弃他，心安理得地去结婚。

"你这个傻孩子，"陈瑾深深地叹了口气，"婚礼我想办法解决，离婚证我也会悄悄陪你去办理，但是你要答应我一件事。"

我看着他，认真地问："什么事？"

"一定要让自己幸福。"陈瑾说完，头也不回地转身离去，男儿有泪不轻弹，他却不争气地哭了。

这么多年，好不容易一见钟情，确定感情，他真的以为上天恩赐，可以水到渠成，幸福美满了。却没有想到，这只不过是上帝开了一个玩笑，跟他说，他只是拿来演戏的配角，真正的主角却是别人。

程峰是拒绝跟我和好的，我知道勉强不了，所以只是把他当作普通朋友，照顾他，陪着他。

三

一个月之后，程峰离开了医院，我到处都找不到他，最后绝望地开启他给我邮箱留的信。他跟我说，外面世界很大，他想出去转转，能看多少风景是多少。他还跟我说，这个月他看出来，我对他偏执的感情，只是因为愧疚，不舍得，这么多年的习惯罢了。

只要他离开了，我的习惯改掉了，我可以从头再来。

或许有了上一次狼狈失恋的演习，这一次我很平静地接受了程峰离开的事实。

按部就班地工作、生活、看电影，和闺蜜聚餐、聊天。

如果不是意外发现大姨妈没有准时报到，我好奇地测出两条杠，我都不知道，原来自己不知不觉要做妈妈了。

孩子是陈瑾的。

不管是要生下来，还是要拿掉，我得征求下他的意见。

其实给他发消息的时候，我心里异常矛盾，我其实可以一个人悄悄去医院拿掉，神不知鬼不觉，但其实我不想拿掉这个孩子。

问陈瑾，我其实做好了生的准备。

陈瑾回了消息，问了我的地址，然后跟我说让我等一下。

陈瑾来找我的时候，我看着他的俊颜，感觉好像过了一个世纪那么漫长，胡子拉碴的他，风尘仆仆，衣衫褴褛，真像个流浪汉。

陈瑾一把紧紧地抱住我，让我甚至有些透不过气来，他沙哑着嗓子说："奕奕，我们复婚好不好？"

我毫不犹豫地拒绝了他："陈瑾，我告诉你孩子这件事，并不是因为我想复婚，我只是想给他一个正常的身份。"

一个正常合法的身份。

虽然我跟陈瑾以不正常的套路闪婚了，可是我们的婚姻是真的，结婚证是真的，我们的孩子是光明正大的。

陈瑾忧伤地放开我，语气悲凉道："你就真的放不下他吗？"

关于我跟程峰的事，我完完整整地跟他讲过，所以我当时提出分手的时候，他虽然难受，但是最终也接受了，毕竟我不爱他，这是硬伤。

"陈瑾，对不起。"我不知道除了道歉，我还能说什么。

"奕奕，我不是要拿孩子逼你跟我结婚，而是希望你认真为孩子想想。"陈瑾深深地叹了口气，幽暗的星眸看着我，"我们可以儿戏地闪婚闪离，孩子呢？生下来就是不健全的家庭，你觉得这是他想的吗？"

我突然有些无力，因为压根无法辩驳。

陈瑾道："奕奕，你想生这个孩子，那么给他完整的家庭，如果不想生，那么早些做打算。"

我不知道陈瑾在这件事上为什么会这么坚持，我都有些后悔告诉他孩子的事了。

陈瑾最后抱了抱我，无奈道："不管你做什么决定，我都支持你。"

看着他宠溺地纵容自己，我不由得心里一酸，眼泪不争气地流了出来："陈瑾，你让我安静地想想好吗？"

陈瑾点点头，离开了我的家。

我的心突然很慌乱，很矛盾，我也不知道自己到底想要什么？

跟陈瑾在一起的时候，我想的是程峰，可是当我回到程峰那里的时候，我想的却是陈瑾，我想要留下这个孩子，因为这是陈瑾的孩子。

我怎么可以这样水性杨花？

我怎么可以这样见异思迁？

我把所有难听的话都骂到自己身上，我也不明白，我为什么会这样！

离开，只是想明白究竟爱谁

最后，我并没有跟陈瑾复婚，也没有拿掉孩子，我跟程峰一样，背上行囊，带着孩子出来看看这个世界。

陈瑾疯狂地找过我，无数次我都想回去，但是我一直没有想明白，我到底爱的是谁？

我不敢贸然回去，我怕我爱着程峰，却为了孩子跟陈瑾凑合在一起。

四

一年后我带着孩子回到了这座城市，陈瑾将我们接回家。

是的，我想明白了，在程峰第一次抛弃我的时候，在我需要安抚的时候，是陈瑾的出现让我走出了失恋。

后来因为得知程峰的病，我的愧疚将刚萌发的爱情种子给蒙蔽了，我一直在忽略自己对陈瑾闪电一般快速产生的感情。

当孩子意外地出现，我更不敢因为孩子跟陈瑾复婚在一起了。

没有情感的婚姻太可怕。

可事实上，我跟陈瑾确实一见钟情。

这无关他像不像程峰。

有时候，爱情就是来得又快又猛，甚至你自己都不觉得那是爱情。

当你想不明白到底是什么感情、困惑的时候，不妨做一次远行，有时候分开才会看得更清楚，到底爱的是谁。

# 做个有人疼有人爱的乖宝宝

"居美，这么晚了，你男朋友接你吗？"我抬手看看表，已经12点多了，今天是我过生日，几个好姐妹很久没聚在一起热闹玩耍，玩得太晚了。小雅的老公，孜孜的男朋友都已经过来把人接走了，就居美一脸淡然地坐在沙发上发呆。

看着她的样子，好像还有点不太开心。

"我今天不想回去。"居美可怜兮兮地瞅着我，"七七，我能不能去你家住一晚？"

"你怎么了？"看着居美落寞的神色，我不由得关切道，"跟子杰吵架了吗？"

"没有吵架，"居美摇摇头，不动声色地叹息了声，"只是我想分手了。"

"为什么？"我不解地看着居美，"你不是爱子杰爱得要死？为了他，跟家人都闹翻了吗？"

"我为了他跟家里都闹翻了，别墅不住离家出走，跟他住

065

合租的出租屋，还加班加点地攒钱自己想要凑首付，平时连约会都不敢去外面，生怕花钱。"居美委屈道，"我觉得我真的做得够多够卑微了，可是他呢？他竟然连我生日都忘记了。"说到这里，居美的眼泪便控制不住地流了下来，嘴里怨念着说，"我也不求他给我买多贵的礼物，哪怕他记得我生日，给我下碗面，我都满足了，可是他却彻底忘记了。"

"可能他比较忙，忘记了，你提醒下嘛。"我尴尬地说道。

毕竟人家情侣吵架，我也不好意思跟着瞎掺和。

"我提醒了，就让他给我下个面。结果他却冲我发脾气，说我矫情，说他为了想跟我在一起，每天累得跟狗一样，他后悔跟我在一起了，骂我有公主病。"居美气呼呼道，"路是自己选的，跟他吃苦受累我从来不去抱怨什么，我的生活质量下降了，我也不去怪他没本事，我在努力自己改善，因为我是爱他，我是想跟他在一起，我图的就是他爱我，呵护我，对我视若珍宝的感觉。"居美深深地叹息了一声后，感慨道，"可是他却没有感恩，甚至连对我的好都在吝啬付出，这样的男人我看不到未来，也看不到好的结局，我真的不想再去浪费我有限的青春。"

"居美，你是不是想多了？"我问得小心翼翼，居美的情绪正在崩溃，我不敢说太重的话，"过生日，为了求一碗面，分手值得吗？"

想当初两个人刚相爱，为了想在一起，可真是闹得轰轰烈烈，完全媲美言情小说了。

居美家境挺好的，父母经商，就她一个独生女儿，从小就是蜜罐子里泡大的，除了天上的月亮、星星这种不切实际的东西，其他可真的是要风得风，要雨得雨。爹妈如珍似宝将她呵护长大，好不容易等成年便开始张罗着找对象，在大学毕业的时候，她已经是我们这群姐妹中的相亲经验极其丰富的老司机了。

居美看不上家里给她介绍的各种有钱有款的主，偏偏看上了子杰。

子杰来自湖南一个偏僻的村落，在苏州上大学之后便留下工作，他家里还有两个念大学的弟弟，他的工资基本就是补贴家用了。

居美的父母不同意，倒不是嫌弃子杰家穷，而是不想让自己女儿远嫁，他们提出让子杰招赘，居美家出婚房，可子杰拒绝了。居美家父母退而求其次，出婚房让子杰跟居美结婚，婚后生两个孩子，给居家留个后，两家合一家，生俩孩子，一家一个姓，在苏州地区很普遍，结果子杰还是拒绝了。

居美的父母本来就不同意，子杰还偏执得完全商量不通，便态度强硬起来，逼他们分手，可是事实上，越是有家人逼的时候，小两口越是浓情蜜意，齐心协力跟家人作对似乎更能够证明自己爱得深沉、浓烈。

居美选择离家出走抗议父母，居家爸妈也被她气得够呛，狠心断了她的银行卡，收回她的车钥匙。她便自己工作，公交上下班，陪着子杰吃苦，一心想要一个好的结果。

"七七，这真的不是一碗面的事，也不是我任性、矫情。"居美拉着我的手，语重心长地说道，"只是我们走着走着就发现，原来没走在一条道上。"

事实的真相很残忍，一年的时间不到，居美便将这一段感情看穿了，她不是矫情，也不是吃不了苦，而是她明白了，爱情跟婚姻真的不一样，爱情可以任性，可以不顾一切，但是婚姻必须要有踏实的共同信念，彼此相互的包容。

居美其实想得很透彻了，我也不知道该怎么劝了，只能拍拍她的肩膀，安慰道："那就顺其自然吧。"

"嗯。"居美点点头，"算了，我回去说分手吧。"

我嘴角抽搐了下，但是没有再劝，将居美送回家后，我叹息着回了自己家。

爱情，总是那么奇妙，让人欢喜，让人忧愁。

第二天我给居美打电话的时候，她跟我说，已经跟子杰分手，并且大半夜子杰将她的东西全部扔了出来，关键时刻，深更半夜，她一个电话打回家，爹妈不到半小时就赶到了，妈妈拉着她一顿哭，爸爸本来想揍子杰，被她拦住了："爸，我都跟人分了，别再打打杀杀，有任何牵扯了好吗？"

爸爸帮她提着行李，一声不吭地回家了。

居美说她算是彻底寒心了，世上只有爸妈好，以后要听爸妈的话，做一个乖小孩。

我只当她开玩笑。

很长一段时间过去，居美给我发来请帖说，她要结婚了。

我对她的择偶相当好奇，不由得多问了几句。

居美老老实实地跟我说，这个男人是爸妈朋友介绍的相亲对象，她第一次见的时候，并没有瞧上，但是碍于听爸妈的话，多接触了几次，发现他的性格很好，能够包容人，所以渐渐也投入心思去谈恋爱了。

居美还跟我说，以前谈恋爱她是围着子杰，好事要想着他，坏事要想办法瞒着他，一个人要分很多种角色，有时候会感觉力不从心。但是现在这个男人，他喜欢围着自己，对自己很好，她并没有太多想法，唯一要做的便是开心。

听着居美轻快的笑声，我是由衷地为她感到高兴。

或许，有时候做一个乖宝宝，有人疼，有人爱，也是一件极其幸福的事。

# 幸福要一直往前走

一

陈诗诗很安静地坐着，她的脑海里却好像是放电影似的，清晰地将她失败的婚事重新播放了一遍。

陈诗诗真的不明白，为什么她跟梁志文之间，突然就变成这样？走着走着，两个人就走散了。

当初的那些相爱，当初的那些誓言，当初的甜蜜依旧犹如发生在昨天一样。可事实上，他们两个却在离婚协议签字的那一刻起，就变成了最熟悉的陌生人。

梁志文携着新欢离开民政局，意气风发，而陈诗诗则无力地抱着自己的大腿在民政局门口克制不住地放声大哭。

没有对比，就不会有伤害。

陈诗诗和梁志文结婚七年，从最美好的青春年华，一路吃苦陪着他从摆地摊的小贩做起，慢慢开了第一家店。然后又买了房子、车子，生了孩子后又操心着分店的事，陈诗诗觉得自己活得跟个女超人一样，恨不得能变个分身出来，把一天二十四小时当成四十八小时这样来过，一分钟拆成两分钟，一天充其量睡四五个小时就要开始各种忙碌。

最终熬过了这些苦日子，梁志文也有了个像样的公司，她也安心准备享福，乖乖做个全职主妇，在家带带儿子，努力培养他成才。

哪知道，幸福的时间不过一眨眼，就又变成了泡沫。

半个月前一个下着绵绵细雨的阴雨天，陈诗诗开车出来接儿子的途中，收到一条来自梁志文的手机短信。打开这条短信的时候，她安逸的生活注定要发生翻天覆地的变化，屏幕上那一张鲜活的画面生生地刺疼了她的眼睛，她的心脏顿时好像被一双无形的黑手给生生地揪住，顿时撕裂一般地疼痛，浑身冰凉。

照片上，一男一女，用最亲密的姿态搂抱在一起，做着某项原始运动。

当然，这不是重点。

重点是，照片的男主是陈诗诗的老公梁志文，而那个女主，虽然没有照清楚脸，但是肯定不是陈诗诗。直到后来，陈诗诗顺着短信，去酒店抓奸在床的时候，她才知道，原来照片里的女人叫赵青青，梁志文公司新招的前台接待，进公司七个月，跟梁志文好了六个月。

六个月，说长不长，说短也不短了。如果，赵青青没有沉不住气，给陈诗诗发来这样的信息，并且引导她去酒店抓奸的话，恐怕梁志文跟她再好上个几年，陈诗诗都不会觉察的。

因为陈诗诗对梁志文的信任和放养，完全没有办法去想象，出轨这件事竟然就发生在自己家，发生在模范丈夫梁志文身上。

这个没良心的男人。

陈诗诗和梁志文结婚七年，对他是毫无保留地信任，就算是亲眼看到，抓奸在床，她还是那么天真地希望听到梁志文的解释，抱着善良的心态，想去原谅他这个迷途、出轨了的丈夫。毕竟，他是孩子的父亲。

可是，没有想到，梁志文却理直气壮地承认了外遇，并且大言不惭地说，陈诗诗一点都比不上赵青青，他现在最烦的就是见到陈诗诗，如果可以，他真的一次也不想回家，不想看到她。

陈诗诗当时的心，凉得就好像是大冬天被迫喝下了带冰的水，将她浑身流淌的血液都冰冷得冻结了起来。她在眼泪中，目送着梁志文搂抱着赵青青，渐渐远去，渐渐模糊。喉咙像灌了铅似的，哽咽着，喘不过气来。

原来夫妻两个相处时间久了，真的会有两看生厌的地步，此时的梁志文厌恶看到陈诗诗一成不变，而陈诗诗却看不惯梁志文的狼心狗肺。

陈诗诗哭着回家，冷酷现实给她的这一巴掌，打断了陈诗诗对婚姻的所有美好希冀，也让她决定不再对梁志文隐忍退让，于是她狠下决心离婚。

幸福要一直往前走

## 二

真的要离婚分家产的时候，梁志文急了。

死皮赖脸求原谅未果后，他便翻脸不认人，处处算计陈诗诗，恨不得从她身上啃一块肉下来。

陈诗诗真是打死也想不到，梁志文竟然会卑鄙到这样的地步。

拖着不肯离婚，背地里悄悄转移财产。

到了法院，竟然还振振有词地责怪陈诗诗不能生育。

不能生育？陈诗诗怒极反笑，她伸手指着梁志文大骂："你到底有没有良心的？"当初她拼命帮他打拼，劳累得流产，此后习惯性地流产了好几次，最后医生都惋惜地说，她生育概率小，而且身体亏得厉害，需要好好调养。

梁志文还想说什么，陈诗诗却不愿意再跟他当场争吵，她把手里握有的梁志文出轨证据，以及财务报告交给律师后，便心灰意冷地离开了。

如果时光可以倒流，她知道自己遇到的是这么一个人渣，那么她情愿不要有这样的相遇，更不想这样相爱相杀。

虽然经历了争吵和纠缠不休，最后陈诗诗和梁志文还是分了家产，离婚了。

这一段触礁的婚姻，对陈诗诗来说犹如当头棒喝，她明白这个世界上，如果连自己都不爱惜自己，那么就别指望别人来疼惜。

陈诗诗开始爱自己，开始美美地打扮，开始享受生活。

三

第三年再见到陈诗诗的时候，她肚子高高凸起，二娃都怀上了，耐心地牵着大儿子，在金鸡湖滨幸福地亲子游。而她现任老公鞍前马后地各种伺候，她的脸上再次荡漾出来满足且又幸福的笑意。

陈诗诗说："在婚姻这件事上，我们都渴望着相携到老，一起白发苍苍，但是很多时候，平凡的岁月抵不过时光流淌，走着走着就走散了，彷徨、迷失，也会绝望。但是做人关键要心态好，自我调节，命运对待每个人都很公平。幸福不会不到，有时候只是迟到罢了。勇敢地一直往前走，一直一直往前走。"

幸福要一直往前走

# 你是我最爱的人

一

顾业和何璐是怎么成为朋友的？

这个问题其实谁都说不清楚，毕竟她们是那么截然不同的两类人。

何璐住别墅，开豪车，戴劳力士，用双C，顾业住老旧的公寓，穿廉价摊位的T恤牛仔裤，用淘宝包包。

两个完全不是一个世界的人，不但有交集，并且感情还很深厚。

就连顾业自己心里总不止一次地问自己，为什么会和她成为朋友？

何璐不只家世好，上天还送了她绝美的容颜和模特般的身材，与她站在一起的顾业，就像是站在天鹅旁边的丑小鸭。

顾业不知道她为什么不选在她身边奉承巴结的女生，偏偏挑上顾业这个性格有点孤僻，又不善言辞的人。

有一天阳光明媚，微风徐来，顾业正在埋头看小说，何璐将她的书麻利地抽了，看了看作者的名字，勾着嘴角笑，随即口气甜腻地说："顾业，我们做朋友吧？要一辈子那种哟。"何璐这话，就好像圣旨一般，不容顾业有拒绝的余地，之后她便主动拉着顾业成为熟络的好朋友。

或许是何璐太过强势，或许是她的笑容太过明媚，再或许顾业觉得自己孤独，也渴望有个贴心的好朋友吧。

一辈子，这三个字，毕竟很多人听了都会心动。

无论原因到底是什么，总之，她们就这样成了朋友，被所有人诧异的朋友。何璐却从来不管不顾，她对顾业是真心实意的那种好。

顾业对何璐的感情有些说不清道不明的意味，既渴望她的温暖，又害怕她的任性娇气。

## 二

托何璐的福，顾业跟着她进了许多平常连想都不敢想的高档场所。也是因为她，顾业认识了江宇赫，一个移居中国的韩国男子。

与何璐在一起，顾业学会把自己当作不存在，也习惯承受他人诧异过后选择性忽略的目光。所有人都知道，顾业是何璐的陪衬，而顾业乐于这样的平淡。

如果不是江宇赫，顾业想，她们之间的所谓友谊会一直这样下去，一直……一辈子吧。

江宇赫同样也是上流社会的天之骄子。他的母亲是影视圈有名的制片人，父亲则是韩国知名企业的董事。一个家世如此傲人的男子与何璐是匹配的，门当户对。更何况，他又有着同样令人看好的皮相。

他们俩是天生的金童玉女。

在顾业的眼里，那是一个她怎样努力也触碰不到的世界。仰望着他们，就好像看着灿烂的星辰一般。

何璐喜欢江宇赫，但是她从小就是一个被宠坏的公主，有太多人喜欢她，她也习惯了被众人追捧，所以对待江宇赫，她采用了欲擒故纵的游戏。

顾业不明白何璐，面对江宇赫的态度为什么会那么奇怪，有时候甚至还会做出一些奇葩的事来，这明明就是很简单的一场告白，王子跟公主在一起皆大欢喜结局的好事，可偏偏手握着这么好的牌，却被何璐打得一团糟。

顾业其实想劝劝何璐，但是话到嘴边，却又不知道应该怎么去劝？感情的事，只有两个人自己清楚，掺和第三个人进去了，就会变得非常复杂。

江宇赫是喜欢何璐的，也曾保持着热络、猛烈的追求方式，但是架不住何璐一会儿一个稀奇古怪的想法，更加不能忍受的是她那种漫不经心、似有若无的暧昧态度。

两个傲娇的人开始赌气，必然会有无辜的炮灰牺牲，顾业就是在莫名其妙中被卷进了他们这场爱情游戏的角逐，成了那个无辜的牺牲品。

# 三

江宇赫找上了顾业。

顾业记得初见他时的惊讶，一个富家大少居然在顾业那间破旧的公寓外等了两个多小时。

顾业当然不会天真到认为他是为了自己而来，事实上当他委婉地拜托顾业帮他刺激何璐时，她竟然有种想笑的感觉。

果然是天之骄子，想法都是一样的自私，难道他从未想过，如果何璐当真了，那她和何璐有可能会彻底闹翻。

顾业的拒绝其实根本就没有用，因为从这一方面来说，江宇赫跟何璐属于同一种人，说出来的话就跟圣旨一样，让人无法反驳。

一如何璐当初死活要跟她做好朋友，一辈子好朋友那种。当江宇赫准备找上她的时候就已经注定了，江宇赫他会使出全身力气来表演这场戏。

江宇赫宣告完他的目的后，便开始付诸行动，他演戏演得很逼真，让顾业完全都无法招架，明明知道他是假惺惺，自己却忍不住会入戏。

江宇赫的举动让顾业受到了很大的困扰，特别是何璐知道后的那种尖锐的眼神，深深地刺伤了她，她知道哪怕现在告诉何璐这一切都是假的，她都不会再相信自己了。

她无法说服江宇赫停止这无聊的举动也没办法让何璐相信这一切都是假象，她只能被迫接受。而她和何璐必然会走上两条分叉的路，然后渐行渐远。

江宇赫果然是上流社会的少爷，追求女人也很是有一手，如果不是何璐见识了太多这样的举措，也许他也不用那么辛苦了。

顾业明明知道这一切都是假的，却还是无法克制地对他动了感情。

他很用心，也许是觉得只有以假乱真才能真的打击到何璐，所以他追求顾业态度异常认真，这让顾业平静的内心起了波澜……

没有人对顾业那么好过……

何璐虽然对顾业很好，但是始终没有走进她的心，温暖她。

而这一切，作假的江宇赫却毫不费力地做到了。江宇赫就好像是一轮烈日，只需要稍稍靠近他，便能融化自己冰冷的心。

自从家里出事后，顾业她就再也感觉不到关爱和家庭的温暖，也习惯了缩在角落里独自安慰自己。

"顾业，站在我身边，你什么都不需要做，什么都不需要想，我会把所有人羡慕的目光，双手捧到你面前，让你被温暖柔柔地包裹着，幸福地微笑。"就这样一句话，就这么一个简单的牵手，瞬间就好像开启了"魔咒"，顾业她这颗敏感的心、孤傲的心，终于彻底沉沦。

明明知道是假的，明明知道只是在陪着他演戏，但是偏偏在这样一段虚拟的感情，她忍不住一头扎了进去，不想要理智，不想要结果，只是想肆意地跟着自己的情感，在江宇赫编制的美梦里，睡得更久一点，最好永远不要都醒过来。


四


但是顾业忘了，梦终究会醒，梦醒了，一切也就不在存了……

何璐找到她的时候，顾业居然有一种解脱的感觉。

何璐那辆在昏黄路灯下闪闪发亮的红色跑车异常显眼，她就靠在车门上，姿态优雅。看到顾业走出来，她笑着将车门甩上，踩着细高的高跟鞋走到了顾业面前，她没有说话，只是认认真真地看着顾业，漂亮的星眸里带着怜悯，或者夸张点说，是可怜。

顾业不知道她该开口说什么？对不起何璐是事实。因为她管不住自己的心，她爱上了江宇赫这个男人。

半晌之后，何璐深深地叹了口气："顾业，你傻不傻？"

顾业微微皱眉，咬着自己的唇，意外没有在脾气火爆的何璐嘴里听到各种准备好承担的谩骂声，而是这句带着心疼她的惋惜，这比骂她更难受。

"你喜欢江宇赫？"何璐问得直白，丝毫不给顾业遮掩的机会。

面对她的质问，顾业犹豫了下，还是鼓起勇气抬起脸看着她，小声地表达歉意："何璐，我知道，我对不起你。"叹了口气，稳稳心神，还是一鼓作气地说了出来，"可是我控制不住自己的心，我喜欢他……"

"他喜欢你吗？"何璐问。

顾业低着头，不再回答，她其实想说出真相，江宇赫喜欢的是你何璐，而我只不过是拿来刺激你的炮灰，可是最让顾业痛苦的地方就是这里，她明明就什么都清楚，可还是陷入了这样的圈套里，心甘情愿地被江宇赫利用，刺激何璐。

哪怕付出的代价是会失去何璐这个好朋友，顾业仍旧跟猪油蒙心似的，不顾一切。

似乎有千言万语想说，但是最终何璐化为一声叹息："顾业，我们是好朋友，所以我就算是怪你怨你，但是仍旧希望你能过得好。"

顾业鼻尖酸涩，眼泪在眼眶内打转，视线模糊地看着何璐，不安地说："何璐，对不起。"

何璐伸手温柔地帮她把眼泪擦干净，语气淡淡地说："顾业，你知道吗？你跟江宇赫不合适。"

顾业的心里就好像被针刺了下，她眨着泛起雾气的眼睛，蒙眬地看着面前的人，听何璐继续说："你们不是同个世界的人，你注定会失去……"

不曾拥有，便要失去吗？顾业真的不信邪。

顾业能跟不同世界的何璐成为好朋友，那么她相信只要自己努力，一定能够得到江宇赫。

何璐后来又絮絮叨叨说了不少话，但是顾业都听不进去，她是一个执拗的人，认定了一件事，九头牛都拉不回来。

何璐最后说了一句："该说的，我都说了，听不听随便你。"然后转身离去。

目送着她红色的跑车消失在马路上，顾业抬脸看着天空，将眼泪一颗一颗吞咽回去，苦涩的滋味在喉咙口升起，抑郁的感觉涌向全身，她突然有些胸闷，"哇"的一声吐出血来。她伸手若无其事地擦着血迹，神色木然，却想着何璐刚说的那句话，"顾业，你不是一向有自知之明吗？偏偏在江宇赫这件事上，你怎么就瞎了呢？"

"我会追回江宇赫，你等着。"何璐的俏脸上自信满满，哪怕宣誓，也明媚得让人移不开眼。

# 五

何璐和江宇赫会在一起吗？

他们本来就是该在一起的，顾业自问自答。

是的，顾业，有些东西不是你该想的，趁着自己还没有彻底沦陷赶快清醒吧。

顾业在心里呐喊，脑子一片混乱。

或者说，她还是抱着一丝奢望的，但当她第二天看到何璐和江宇赫两人拥抱在一起的场景后就彻底死心了。

原来，王子跟公主在一起，配角都得离场。

江宇赫，利用完了顾业，竟然连一句对不起的交代都没有。

可笑的顾业，她还妄想着，要努力拼搏，站在跟江宇赫比肩的位置。

这是顾业第一次动心，结局在意料之中。

当金童玉女最终走到一起时，顾业，也就功成身退了。

她回到了一个人的生活，承受他人嘲讽的目光和恶意的中伤。大家都骂她不要脸，勾引好闺蜜的男朋友，也骂她不自量力，竟然妄想跟何璐去争男人。而面对这些半真半假的流言蜚语，顾业始终保持沉默。

她以为自己可以保持风度，却发现，有些东西再也回不到从前。

她本来完整的心已经缺失了一块，怎么补也补不好了。

顾业离开了那座城市，她没有跟任何人说，因为那座城市承载的都是一些不堪的回忆，她早就应该离开了，这只是一个契机而已。

她在陌生的地方漂泊，漂了很久，终于停留在了一个地方，在那里，她重新开始了自己的生活。

## 六

十年后的某天，当她牵着丈夫的手走在家乡的马路上时，不由自主又再次想起了那两个唯一和自己有过交集的不同世界的人。

那么多年过去，回忆还是异常清晰，她带着丈夫坐在以前经常和何璐约会的地方，那家咖啡店居然还在。

坐在同样的位置她发现，原来十年后，虽然店还在，但是玻璃窗外的景色却早已经变了。

物是人非的沧桑感袭上心头。恍惚间，她似乎又看到了那个骄傲的女子站在她的面前说："顾业，你等很久了吗？"

回忆散去，顾业看着同样满脸惊愕的何璐正站在过道上，还是和十年前一样，几乎没有改变。何璐先回过神来，打起招呼："顾业，你回来了？"

顾业愣愣地点头，看着面前的人就好像回到了从前。

何璐用眼神询问她身边的是谁，那么多年了，她居然还是一眼就知道她的眼神所要表达的意思……这是朋友间的心有灵犀吗？

顾业介绍着说："这是我老公，这是何璐，我在C城时的朋友。"

何璐毫不客气地坐了下来，对顾业的丈夫表示想和顾业聊聊，请他暂时回避。

何璐还是那么肆无忌惮，想做什么就做什么，想说什么就说什么。

看着顾业丈夫离开的背影，何璐皱起眉，语气直白地问："你结婚了？"

顾业点头，十年了，她已经不小了，早就该结婚了。现在的丈夫对她很好，虽然自己对他的感情并没有那么深刻，但是他给了顾业一个梦寐以求的家，这样她就很满足了。

何璐扑哧笑出声，语带讽刺："顾业，你真是没心的吗？"顾业觉得莫名其妙，何璐却突然垂下眼睑，伸手从包里掏出一包烟，点燃后抽了起来，随后似乎想到这里禁烟又掐灭了。

顾业看着那根烟，神色恍惚："你还好吗？"原来的何璐是不会抽烟的，她说女人抽烟容易被熏老，可是现在却举动娴熟，一看就是烟不离手的人。

"你觉得呢？"何璐不答，反问。

顾业不知道该接什么话，想问问她跟江宇赫还好吗？但是想到这个名字便觉得自己心里不舒服。

沉默了会儿，还是何璐打破了沉寂："顾业，你怎么不问问江宇赫？"

顾业看着何璐，从她妆容精致的脸上，看到一丝沧桑的疲倦，咬着唇，叹息了一声道，"我对这个人的事，并不感兴趣。"

何璐看着顾业，欲言又止，她不受控制地又想去拿烟，拿到一半就停了，缩回手，又不停地转动着玻璃杯，遮掩内心的惊涛骇浪，沉默了很久，她突然抬头对着顾业说："你知道吗？宇赫死了……"

顾业猛然一震，耳朵一阵轰鸣："你说什么？"她颤抖着声音问。

"他死了……"何璐反而平静下来，她的眼睛盯着面前的桌子，声音麻木地复述着，"我是真的喜欢他，第一次那么喜欢一个人。顾业，你知道我最讨厌你什么吗？你总是一副什么都和你无关，什么都不在意的态度。说难听点你就是自卑。你以为你就是我的陪衬，但是却不知道其实那些坏绕在我身边的男人中有一部分是喜欢你的，只是你太自卑，当然就看不到了。"

"是嘛……"顾业恍惚，她是很自卑。

"我一直在想，你到底要到什么时候才意识到这点呢？其实我一点也不喜欢你，你冷漠得好像没有良心。你以为宇赫真的是喜欢我吗？他其实喜欢的一直都是你。"何璐一鼓作气地说着，"可他一眼就看穿你，知道如果贸然追你，你不会答应，只会远离他。他假装追我，你就会冷眼旁观，哪怕后来他说请你演戏刺激我，都是骗你而已。"

顾业惊恐地看着何璐，难怪那时候，她总能轻易就入戏，原来，那是江宇赫用生命在表演，他是认真地在打动自己……

"我承认，我在嫉妒你，我以为你消失了，他就会看到我，而且你对他真的没感情不是吗？我只是小小告诫了一下，跟你宣个战罢了。你就吓跑了，再也不出现了。但就是因为你的消失，他一直不停地在找你，直到有一天下雨，他的车被一辆装着钢筋的货车撞翻了。"说到这里，何璐泪流满面，情绪完全就控制不住了，"十年了，你果然如我所想的，就此消失，一走就是十年，你以为你成全了我和他吗？可笑的是，他当初怕你不相信他会喜欢，只能想办法骗你是为了打击我，才能光明真大地追求你。他为你花了那么多心思，却猜不到你根本就没有良心。"

# 七

顾业突然觉得头有点晕，她的视线开始模糊，怎么回事，为什么事情的真相会是这样让人难以接受？

这一切，到底是谁的错，你，我，还是他？

不，这是老天爷的错，它兜兜转转地在跟我们开玩笑。

一定是开玩笑，江宇赫他不会死……一定不会死……

"顾业，你怎么了？"她在陷入昏迷的时候听到何璐的大叫声，有人冲了进来，抱着她跑了出去。

医院里，顾业躺在床上，看着站在病床前的女人一脸的憔悴，她丈夫带着恶意的眼神看着她，示意她出去。

那女人嘴角勾起讽刺的笑意，她说："顾业，你果然是没心的，宇赫到底喜欢你什么？"说完，毫不留恋地转身离开了。

病房内，顾业一脸茫然地看着悉心照顾她的丈夫，语带困惑，"老公，那个人我认识吗？为什么她说我没心？"

丈夫愣了一下，随后敷衍道："不知道呢，她可能认错人了……"

是吗？

顾业疑惑，她其实没有问出口的是，为什么她听到宇赫这两个字心脏会突然抽搐地发痛呢？

明明应该记得很多事，可是为什么她的脑袋会有空白的断裂感，她到底忘记了些什么事呢？

那些事，重要吗？

丈夫见她神色恍惚，不由得温柔地伸手握着她，语气关切地说："你刚刚醒来，身体还很虚弱，好好休息，我去给你弄点吃的。"说完对着顾业又欢喜地露出了灿烂的笑容，"老婆，我有个好消息要告诉你。"

"什么好消息？"

"咱们有宝宝了。"丈夫笑得跟孩子一样天真，"这么多年，老婆，我们的努力终于有成果了。"伸手爱怜地抚摩着她的肚子，"要好好休息。"

顾业也抚摩着自己的肚子："这里真的有宝宝了？"得到老公的确认后，她的俏脸上浮现出母性的光泽，生命在延续，那些逝去的，记不得的流年，就让它这样随风而去吧。

# 如果下辈子还能遇见你

一

　　我站在办公室的落地窗边，看着夜色笼罩下的城市闪烁着缤纷的霓虹灯光，被刷得几乎透明的玻璃上浅浅地倒映出一个女人清瘦的身影，此刻她睁着迷离的双眼，涂着深红色口红的嘴唇微微轻启，吐出一圈圈缭绕的烟圈。颓然的消沉感伴随着泛着白色的气体撞到了透亮的玻璃上，很快就消散在空气中，除了一个淡淡的印记，什么都没有留下……

　　这时，有规律的敲门声响起，用纤长的手指取下叼在嘴边的烟，我道了声："进来。"

　　门外的人应声推开了办公室的门。

　　"总经理，您的咖啡。"温和带着讨好的声音在耳边响起，我淡淡地看了眼这个新进的员工，默不作声。对方略带拘谨地将冒着浓烈香味的咖啡小心地放到桌上，恭敬地说："总经理，请慢用。"

"谢谢。"我波澜不惊地道了声谢，对方受宠若惊，结结巴巴地回答："没……没关系……如果您没有什么吩咐，那我先下去了。"

看着那个带着窘迫的身影快速退了出去，还不忘记带上门。我似乎在她的身上看到了自己曾经的影子。

那时候，自己初入社会，单纯天真，也曾小心翼翼地端着咖啡敲响了某个人的办公室。彼时是怀着雀跃的心情，单纯地以为那个人是真心的，直到自己的尊严被他狠狠地踩在脚下，碾压得支离破碎。

梦醒时分，才发现自己的可悲。

回忆中，那个冷酷的声音总是清晰地回响在耳边："校隽，大家都是成年人了，你不会单纯地以为我是真的爱你吧？这太可笑了，以我的身份，你觉得对你会认真吗？从古至今，门当户对从来就没有变过，不过就是玩玩而已，别再找我了，别让我看轻你。"

别让我看轻你。

从被践踏的第一刻起，从我付出单纯的心开始，这一切都只不过是一场证明自己魅力的涉猎游戏罢了。

"校隽，既然是玩玩，就不要当真，玩不起就滚。"

我的心脏又不受控制地疼痛起来，垂在身侧的手不停地收紧再收紧，直到掌心传来明显的疼痛才从回忆中清醒过来。

我自嘲地笑笑，伸手擦掉应景的泪珠。不是早就告诉过自己，一定要让他看到现在的自己吗？努力了那么久，在人生地不熟的国外生活了整整七年，花了比常人多了几倍的努力才有今天的成就，这些年来每当觉得自己坚持不下去的时候，只要想到他就充满了动力，憋着一口气，曾经我是那样坚定地告诉自己，当我再回来的时候，一定不再是那个需要站在下面仰望你的存在，而是能和你比肩对视的全新的校隽。

"曾经的我，你可以爱理不理，但是往后的我，一定会站在你高攀不起的高度。"

二

无意识地拿起杯子，手一滑，里面温热的液体瞬间倾倒在桌面上，好巧不巧地沾到了我跟他仅存的一张合照上。

我慌乱地伸手便去擦，直到模糊一片，我又茫然起来。擦它做什么呢？这张照片不是早就想撕了的吗？看着照片里青涩的自己，甜甜蜜蜜地偎依在他身边，我不禁怔松了起来。

那时候的笑容明媚灿烂，那时候哪怕明知道他只是玩玩，可是在一起的那些快乐日子真实存在过。无数个夜深人静的夜晚，我都会痛苦纠结，就算是玩，他到底对我有没有付出过一丝丝的真情流露？随即又开始强烈地鄙视自己。

果然是犯贱，人家已经那么明确地说了不过就是玩玩的，只有你当真了。

我很痛苦，也是在那个时候学会了抽烟，学会了一个人排解寂寞。

要从一段反反复复纠缠不休的感情里走出来，实在太费力气了。他一句话，一个转身说放手就放手了，我完全措手不及，我首先要面对被分开的事实，然后还要习惯被分开后一个人的日子。

有时候要跟回忆较劲，有时候要跟自己较劲，也有很多时候，自己支撑不住想给他打电话，哪怕听听他的声音，可是又要自己切断这种念头。是的，既然不想被他看低，那就想都不要想了。

还好，七年的时间过去，比我们曾经相爱的时间还要久，我终于觉得自己不再爱他了。

放下他以后，我重新开始了全新的生活。

回国一段时间，我特意回避了有关他的一切，当我真的做到了可以和他比肩的时候却又忍不住退缩了。

我害怕的是，哪怕自己已经站到了和他一样的高度，但是他的眼里早已经没有了我。

这种忐忑的心情让我寝食难安，我越来越烦躁，除了抽烟，我找不到别的宣泄途径。可是，我明明不是一个烟鬼。

当我知道自己跟他朋友有生意往来的时候，都不知道该怎么办。那种既希望他知道自己的存在，又害怕他知道的心情时刻折磨着我，终于有一天，避无可避地见到了他的那个朋友。

当他看到我的时候竟然很惊讶，良好的修养让他在惊讶后就很快恢复过来，平淡地打了个招呼，相互问了个好，我硬着头皮回了他，之后发现他总是带着深意的眼神不停地在我身上流转，让人无法忽视。

谈过生意后，我们相互握手道别，当我准备离开时，他终于忍不住开口说道："你变得很优秀，西瑞如果看到现在的你应该会很欣慰。"

"他似乎与我无关，你不提，我早已经忘了自己认识过这个人。"我语气带着挑衅。

欣慰？

欣慰什么？欣慰当初他的玩弄让我奋发向上吗？

真是可笑！

然而我刚说完，对方就沉默了起来，脸色似乎有些难看，也许我这样的态度让他觉得难堪了？

那又如何，我耸耸肩，我早已不是那个什么都没有，需要看你们脸色的孤女了，我现在是跨国企业的C市分公司总经理，我的身份允许我高傲。

我突然有一种翻身了的感觉，曾经他们的那个圈子离我那么远，每次跟在他身边看着那些富家少爷小姐，我都会感到自卑。但是现在不一样了，我们在同等的高度，我已经不需要再看别人脸色了。

我自以为是地摆出高人一等的姿态，做自己的女王，这种感觉真好。

我转身准备离开，身后却传来他冷淡的声音："我只是想告诉你，他已经不在了，无论你当初有多恨他，一切恩怨都该随风而去了。"

我顿时僵在原地，整个人就跟被雷劈中了一样，脑袋的反应都是慢了一拍，短短的一句话我消化了很久才反应过来。当我想问清楚的时候，他却已经离开了，我追着他向楼下跑去，却只看到对方坐上车的身影。

什么叫不在了？

什么叫一切恩怨随风而去？

我魂不守舍地回到公司，急不可耐地打开电脑，搜索有关他的消息时，网页上跳出来的信息将我内心的唯一一丝期待击毁了，徐西瑞，徐家大公子，于六年前逝世，享年二十六岁……

怎么可能？

不是说祸害千年的吗？

他那么浑蛋，不是应该比王八年岁还长吗？

为什么才二十六岁就走了……

而六年前，我们刚分手没多久吧……

我生病了，病得很重，公司的上层都亲自来慰问了，甚至还特意批了一个月的假期，希望我好好养病，但是我知道我的病好不了了，这是心病，医生治不了。

我生活的目标似乎一夜之间就垮掉了，这么多年我特意忽略有关他的一切消息，靠着心里那个信念一步步走到今天，但是当我以同样的高度站到他的面前的时候，那个人却不在了，他走得那么潇洒，却让我深陷其中，无法自拔。

三

昏天暗地地过了几日，我终于决定去他的墓地看看，当我捧着白色的玫瑰站在墓碑前时，时间似乎一下静止了，墓碑上的黑白照已经有些模糊了，但是那张在记忆深处的脸却突然清晰地浮现在眼前，我的视线一下就模糊了。

这一刻，我所想到的是当年第一次见面的场景，当我还是公司的实习生时，夹着文件奔跑在过道上，不小心撞到了他的身上，我吓了一跳结结巴巴地道歉，他却温和地帮着把地上散了一地的文件捡了起来，笑着对我说："没关系，小心点。"

回忆还那么真实，仿佛伸手还能触到他掌心温暖，可是回忆中的人却永远不会回来了。

我颤抖着手从裤袋中掏出一包烟，点了一支，站在原地重重地吸了一口，浓重的烟味熏得我鼻子发酸，从来不知道抽了那么久的烟，居然能那么辛辣，让人无法呼吸。

我缓慢地抽着烟，仔细回忆着和他相处的点点滴滴，自己静心回想的时候，才突然发现当年在一起时，快乐的时光更多，哪怕最后他给我深深的一击也无法否认那段时间他对我的宠溺和温情。

这也许是我无论怎样恨他，但都无法真正忘记他的原因。

我抽完最后一根烟，将烟盒一起点燃烧掉，在他墓前宣誓："西瑞，以后我不会再抽烟了。"

是的，西瑞不喜欢女人抽烟，当然也不会喜欢抽烟的我。

当初学抽烟，只是因为想要一种精神依托，想要麻痹自己神经，也想做西瑞不喜欢的事。

而今看来，真是有些可笑。

为什么命运要这样作弄人呢？

兜了一大圈子，发现自己走错路了。

耳边传来脚步声，我回头，看到告诉我消息的那个人缓步走了过来，看到我，似乎一点也不惊讶。他站到了我身边，视线却注视着墓碑上的照片："我知道你会来，你曾那么爱他。"他的声音很沉重，似乎带着心事，沉默了一会儿，他接着说，"其实，西瑞让我永远不要告诉你，但是我忍不住，他为你付出得够多了，我不希望到最后你都不知道真相，始终恨他。"

我的心脏剧烈地跳动起来，我有预感这个所谓的真相会彻底摧毁我的信念。

我不想听，我真的一点也不想听。可是我的眼神还是直直地看着他，等待着他说出来。

他转过头注视着我的双眼："西瑞在七年前就查出了癌症

如果下辈子还能遇见你

晚期，那段时间他不停寻找最好的医疗方式，出国了很多次，但是结果都一样。当他发现自己的身体开始出现问题后，他找到了我，他说最放心不下的人就是你，因为你是孤儿，无依无靠，又那么依赖着他，如果他死了，你可能就会一蹶不振，他不想看到你颓废地过一生，所以他做了一个决定。"

"这个决定可能会令你恨透了他，但至少你会活下去，而且过得更好。果然，他真的很了解你，你知道你是怎么出国的吗？根本就没有所谓的慈善人士，是西瑞，当他的生命到了尽头的时候都还在为你扫平路上的障碍，为了给你铺路，他多活了半年，因为医生诊断他活不过一年，但是他为了给你铺路整整多熬了半年，你知道那半年他是怎么过的吗？"

我简直不敢相信自己的耳朵，我拼命摇头，反复低语："你撒谎！不会的，不会的。"我不停地告诉自己，他在欺骗我，但是心里却有个声音在说，他为什么要欺骗你？

我痛苦不堪，脑子胀痛不已。

"我为什么要撒谎？"他的声音带着恶意，"那半年，他的头发都掉光了，瘦得几乎成了人干，你在国外的一举一动他都知道，他死的时候还在看着你在国外的录像。他希望你幸福快乐地过完这一生，但是我受不了。他那么爱你，我不希望到他死，你都是恨着他的，校隽，这个世界上除了西瑞，你再找不到比他更爱你的人了。"

校隽，这个世界上除了西瑞，你再找不到比他更爱你的人了。

一句话瞬间让我崩溃，为什么会这样？这么多年支撑着我的信念原来只是一个善意的谎言，我那么憎恨的人其实是爱我最深的人。

我终于不受控制地痛哭起来，西瑞，西瑞……

为什么要告诉我真相，为什么要让我这么痛苦？

"我告诉你真相，只是希望你能够真的放下执念。"他深深地叹了口气，"不要以为自己站在足够高的位置，就可以肆无忌惮，也不要自不量力地去惹徐家的人，没有西瑞，你什么都不是。"

我整个人就像失去了魂魄，自嘲地笑了起来："原来，我真是个傻子。"眼泪就犹如断了线的珠子一样，不停地落下来。

"西瑞已经走了，你要带着他的希望，好好地活下去。"那个人说完，转身便离开了。

我知道他告诉我一切是看在西瑞的面子上，想为我好，阻止我想在西瑞面前证明自己能干而不自量力的可笑想法。

可是用这种方式知道真相，我痛不欲生，问着墓碑上那个模糊的俊颜："西瑞，我该怎么办？"

而他不会回答我。

歇斯底里地哭过之后，我停止了之前愚蠢的行为，辞去了引以为傲的工作，去了一个偏远、贫穷、落后的山村做支教。

看着蓝天白云，还有那些孩子们朴实的笑颜，我的心渐渐踏实下来。只是夜深人静的时候，我会疯狂地思念西瑞，回忆一遍遍地像潮水一样将我掩埋，我在泪水中一次次地挣扎着。

西瑞，从此以后我一定会做一个善良的人，我虽然缺爱，但是我愿意把我所有的爱，尽我的最大努力分享出去。

如果还有来生，哪怕你不爱我，哪怕你欺骗我，我都会第一时间爱着你，深深地爱着你，把这辈子欠你的，加倍还给你——莫校隽。

如果有一天我们的爱情无法再天荒地老，我能做的唯一的一件事，就是把曾经最美的记忆封锁进回忆，如果我的谎言能让你走出困境过得更好，我想哪怕你会恨我一生，我都不会后悔——西瑞。

# 没有人比自己更重要

一

到现在，我都不敢相信闺蜜晓晓所说的事，陈宇飞竟然丢下我走了？他竟然不管不顾我在狱中的生死，带着他的情人走了。

"晓晓，你是在跟我开玩笑吧？"一定是这样的，她平时就是爱作弄人的性格。

晓晓同情地看着我，认真地劝说着："雅雅，你也别死撑了，把事实真相说出来吧。我知道你不是那样的人。"见我沉默，她鼓励道，"我一定会努力帮你的。"

我已经心痛得无法呼吸，泪如雨下。

陈宇飞，我结婚三年的老公，他是一个阳光帅气的男人，如果撇开他好一点小酒这个缺点，他算得上一个好老公。每天会风雨无阻地接送我上下班，我在家做饭，他就会帮忙打个下手，拖个地收拾家务，周末去双方父母家，他也一定会贴心地准备好礼物，从不厚此薄彼。我们两个人的感情也一直浓烈甜蜜，他不时还会买点礼物来哄我开心，给我惊喜。

我真的不愿意相信，这个好男人，竟然会丢下我不管。更不愿意相信，他对我的好，都是因为心虚，而他早在一年前就跟女同事出轨了。

"雅雅，我没有跟你开玩笑。"晓晓怜悯地看着我，深深地叹了口气，"你如果选择包庇到底的话，先不说你触犯法律，在道德上来说，你对得起死者吗？"

我沉默，因为这几天我的良心始终煎熬着，可是想到只要我逞强就能够挽救幸福的家庭，我便咬牙死撑着。只要熬过这一阶段，所有事情都会过去，坚持，再坚持。

"雅雅，你自己好好想想吧。"晓晓咬着唇，犹豫了下道，"你为老公付出一切的决定我理解，但是我真的不赞同，因为他不值得。"

我抬起脸，神色恍惚地看着晓晓，见她絮絮叨叨地骂着："你为他坐牢，被受害者家属打骂，而他没种，尿包，躲起来就算了，竟然还带着小情人，他是恨不得你死在监狱里啊。"

说到我入狱这件事，就从上周末说起了。

那天陈宇飞约了几个好哥们儿去郊外玩，我跟着他欢喜地去了，也确实度过了愉快的一天。晚上在那边农家乐吃饭的时候，他们兴致高昂地喝酒，我劝说无效，只能看着他喝得面红脖子粗的满身酒气。

结束以后，我要他喊代驾，他说在乡下开回市区太远，嫌代驾太贵，信誓旦旦地说自己没事，麻利地开门进了驾驶座，我没办法只能跟着他坐在副驾上，我抢了他的钥匙，不让他开车，可陈宇飞坚持开车，逼着我拿钥匙出来。我不给，他气得差点动手，后来硬从我手里抢过去钥匙，恶狠狠地说："你要么跟我回去，要么滚下去，老子自己回家。"

婚后，我们从来没有这样大声地吵过，我也是第一次看到他动怒的样子，心里有点犯怵，犹豫之间，他已经踩着油门将车开了出去。

我压根就劝不住，我能怎么办？真丢下他，自己下车打的回家吗？

显然不能，明知道酒驾不对，明知道有危险，可是我不得不硬着头皮陪着他胡闹。

怪我这个妻子无能，管不住自己的丈夫，说话不顶用。

没有人比自己更重要

## 二

"陈宇飞，你知不知道酒驾犯法的？"

"没事，我就喝了一点点。"陈宇飞嬉皮笑脸，对着我安慰着说，"你别啰嗦了，我保证一点点事都不会有。"

"不行，我来开车吧，你别开了。"我硬着头皮提议。

"就你那技术，驾照考过后就没摸过车，还不如我呢。"陈宇飞鄙夷地扫了我一眼，提醒道，"安全带系上。"随即又沾沾自喜地说，"你放心，你老公车技好着呢。"

"被查了怎么办？"我见说不过他，而自己确实技术不太好，真让我开，我也胆子小，不一定能开得回去，只能不安地问。

"不会的，这一带没警察查的，我们来过很多次了。"陈宇飞刚说完，见我疑惑地看着他，忙转移话题，"哎呀，你就别担心了，我保证开得很慢很慢，好不好？"

"那还是我来吧。"我依旧不放心。

"你再烦，我真的丢你一个人在这荒郊野外大马路上了。"陈宇飞再次恼怒地变脸，"烦死个人了。"

见陈宇飞动怒，我有点担心自己真被酒气上头的他丢在这荒凉地带，我瞅了一眼车窗外，黑乎乎伸手不见五指，我自小最怕黑了，就别说这种几乎没有人烟的偏僻地带了，不由得识相地闭嘴。只能小心翼翼地关照他一句："你慢点，不许超过三十迈。"

"知道了，啰嗦。"

我就紧张地盯着他的迈速表，一旦超过三十迈就提醒他，终于他不耐烦地打断："你再说，我就一脚油门飙车了。"

"不要。"我刚说完，这个家伙真的一脚油门狠狠地踩了出去，我看着迈数飙上去，忙叫："你疯了……"话还没说完，他猛地一脚踩下刹车，大叫了句："坏了。"

我被这个急刹车撞得晕头转向，顾不得身上的疼痛，忙跟着他下车查看，他撞到了一个骑电瓶车的人，嘴里不停地说："哎呀，你没事吧，我老婆是新手，不太会开车，我陪着练练，怎么就撞了？"然后对我吼了一句，"你傻了，赶紧报警啊。"

我忙报警，然后跟他一起去看摔倒在地昏迷不醒的人，陈宇飞拉着我的手哀求我："老婆，我是酒驾撞人，刑事责任肯定很重，而你是新手，撞人了有保险的，你替我顶了好不好？"

我看看地上昏迷的人，又看看四周，陈宇飞忙说："这里没监控的，是盲区，这个人倒下都没看到的，老婆，求求你，帮帮我好吗？"见我不说话，忙加重语气，"你撞他，就算死了，也只是赔钱，可我是酒驾，我会坐牢的。"

我心里矛盾极了，也知道陈宇飞说的是事实，我撞人最多赔钱，而且还有保险。但他喝酒撞人了，就有牢狱之灾，我该顶罪吗？我不想作假，但是陈宇飞是我丈夫，他一进去，我的家也就毁了，最终情感冲昏理智，我点头同意了。

## 三

接着警察来了，救护车来了，我按照陈宇飞教我说的话，认下了新手练车撞人，那个被撞的人当晚抢救无效死亡，我便被收押候审了。

我以为陈宇飞会找律师救我，提前保释我出去，但是没有。

没有人比自己更重要

我想或许他是要避嫌，反正受害者家属情绪也激动，我待在里面也安全，我便踏实地等待后续处理结果，可是打死我我都料想不到，晓晓今天竟然会带来如此晴天霹雳的消息。

陈宇飞，你是什么意思？

哪怕晓晓说得再真实，潜意识里我还是不相信，所以我哀求着要见家属，可是结果却让我很寒心。

不管保险公司理赔还是怎么处理这件事，我身上背了一条命，这是我逃不掉的道德制裁。

晓晓说，陈宇飞知道你不会坐牢，但是他提前准备好离开你。等你出来的时候，他便会站在道德制高点，第一个谴责你。

尽管我不想这样去猜想我的丈夫，但是事实就是这么残忍。有一瞬间，我甚至都在怀疑，他是不是故意设套给我的？把我名声彻底搞臭，带着他情人离开，这样不但不会挨骂，相反会获得很多人支持。

还好，被我提前一步藏起的行车记录仪将整个事件的真相还原了。我知道说出真相，我的包庇、我的顶罪都会有罪，但是我无怨无悔，因为我真的无法纵容这个男人肆无忌惮地伤害我。

入狱那天，陈宇飞恨不得掐死我，而我只是对着他凄婉地笑笑。我错过，但至少迷途知返，我不能纵容真正的罪犯逍遥法外。当然，我其实也没那么伟大，我只是报复了一个渣男，用尽了全部力气罢了。

没有人比我自己更重要，这一次之后，就算再去爱别人，我也一定不会再糊涂。

# 离开后的重生

一

庄子一要结婚了，这个消息还是闺蜜告诉我的，她指着我的额头大骂："小雅，你就是个傻子，全天下就你最傻了。"

是啊，我是个傻子。

我连相恋七年的男朋友要结婚都不知道，我甚至还自得其乐地沉浸在策划一场欢庆我们度过七年之痒的派对中。

我怎么都想不明白，昨晚在床上还对我深情款款地说："小雅，我再忙一段时间就抽空陪你去度假，然后带你回老家，我们就结婚。"这样的男人竟然背着我要结婚了，并且新娘还不是我。

这简直就是晴天霹雳加超级噩梦！

"小雅，你是不是不相信我说的话？"闺蜜神色无奈地朝我递来一张红色请帖，"如果你难受的话，哭出来吧。"拍了拍自己的肩头，"我给你依靠。"

我面不改色地打开请帖，心却冷得在颤抖。看着那上面新郎庄子一的名字，眼泪就完全控制不住地模糊了眼睛，我伸手去擦，可是越擦越多，最后也不知道是视线模糊了，还是字迹被泪水浸湿而模糊，黑乎乎一片……

"小雅，你要坚强。"闺蜜临走时无奈地关照。

我点点头，对她挤出灿烂的笑容来，哽咽道："我没事。"等她走出我的视线，我情不自禁地哭起来……

为什么，为什么会这样？

庄子一，你为什么要这样对我？

庄子一，你一定是在跟我开玩笑对不对？

我不相信，我真的一个字都不相信。

可是，看着请帖，我泪流满面，我该怎么办？老天爷，你真是会跟我开玩笑。

二

我跟庄子一经历了初中懵懂的青春期，又抵抗住了高中严打的早恋，最后好不容易熬过大学四年的异地恋在一起了。我们认识了十年，并且在一起都七年了。

双方父母也都默认我们的婚恋关系，我们差的只是抽个时间去民政局办个九块钱的本本罢了。

可是，庄子一怎么突然就要结婚了呢？而我竟然还被蒙在鼓里。

还记得我跟庄子一刚毕业的那会，小日子过得异常艰辛。交完房租，除去水费、电费、生活费，我跟他甚至连饭馆都不敢下。家里更是以素食为主，一周才敢买一次肉，还是挑那种便宜的大肥肉打打牙祭。

可就算过得这样辛苦，我们却甜甜蜜蜜地把日子过得跟诗歌一样美，因为对我而言，有他的地方就是家。哪怕只是租在廉价房里，吃得差，蟑螂老鼠满屋子窜，每每我都被吓得歇斯底里地惊叫，但是只要他将我护到身后，帮我打跑，我的心便会暖暖的，充满爱意。

当然因为条件差，两次意外怀孕我都没敢留住孩子，小产后更是没有好好休息就帮助庄子一打理他刚开业的火锅店。

起早贪黑地工作，勤俭为本地持家，两个人共同奋斗。在我们努力下日子一天天变得红火起来，他的小火锅店从一间小门面扩展到两间，再从两间发展到整层楼，后来也有了连锁店，我们从租的地下室搬到小户，再从小户搬到大户，第七年的时候已然在这座城市买了独栋大别墅，开着宝马车，馆子都很少下，去的都是比较高端的酒店跟会所。

离开后的重生

我们成了有钱人，我们这么多年也熬成了亲人，所以忽略了领证这件事。

或许一本结婚证，一场婚礼，对于我们来说，真的并不重要，我们毕竟在一起生活这么多年了……早就超越了一般情侣关系。

## 三

我去找庄子一，问他："你是不是要结婚了？"

庄子一甚至都不敢看我，心虚道："小雅，你是个好女人，我庄子一这辈子对不起你，下辈子，我做牛做马一定报答你。"

报答？我从来都不需要这个，而且还别说下辈子这么遥远的事。

"你是不是要结婚了？"我强忍住眼泪继续问。

庄子一勉为其难地点点头，嘴里更是不安地道歉："小雅，对不起，我对不起你……"

"别跟我说对不起。"我打住庄子一的话，深吸了一口气，稳稳心神继续问他，"是不是她生了你的孩子？"

庄子一沉默，神色不安。

"庄子一，你跟我说，是不是？"我态度坚决地问。

事到如今，我真的只想知道一个真相，一个让我感觉自己要粉身碎骨、万劫不复的真相。

"小雅，你别问了。"庄子一撇开脸，"房子、车子我都留给你，你以后有什么困难你找我，我对不起你。"

对不起？对不起有用吗？

"庄子一，你跟她在一起多久了？"我不理会他，接着问："你是不是背着我好了两年？"

"小雅，你别问了，我走了。"庄子一说完就头也不回地离开了。

看着庄子一那几乎落荒而逃的背影，我哭了，哭着哭着就笑了，我以为我们的春天来了，我们的好日子来了，我一心想要跟他结婚，但是他却一拖再拖，其实我心里隐约有数，之前小产后没好好休养，我的身体一直没有再孕，庄子一是独子，他父母早就催他结婚要孩子很久了，他言语搪塞，行动却更利索地在我身上耕耘，但我并不知道他原来在两年前就出轨了。错了，不该用出轨这个词，我们没有结婚，庄子一是劈腿，他这三年来伪装得若无其事，还对我一如既往的卖力，但我肚子却始终不见动静，他渐渐也就没了耐心，也一直在我跟她之间左右摇摆，此时她生下了孩子，他便铁了心地跟我分开，闪电般地跟她结婚了。

其实我真的不相信，庄子一放弃我去娶别的女人。我跟了他十年，从最早、最苦的时候一路陪着他，可是现在成功了，我也要功成身退了吗？我真的有点接受不了，所以在他婚礼的时候，我去参加了，庄子一很紧张地将我拦在门口："小雅，我求求你，放过我好不好？你别来捣乱了！"

我其实并不是去闹场的，看着门口他们的婚纱照，男的英俊如初，可我怎么觉得那么陌生？女的其实在两年前就来找过我，跟我说她跟庄子一好上的时候，我一个字都不相信，我从来没怀疑过庄子一，因为我是那么爱他，现在我看着推我出来的庄子一，只是很小声地说了句："庄子一，我怀孕了。"然后头也不回地走掉。

本来，我想开派对的时候告诉他这个惊喜。后来得知他真的要结婚的时候，我犹豫要不要留下这个孩子？考虑到我再拿掉孩子的话，可能以后真的做不了妈妈了，我便自私地选择留下了。

直到婚礼这一天，我都还在痛苦的矛盾，我到底要不要告诉庄子一，原来的惊喜，或许说出来变成惊吓了。

我想过不告诉他，一个人悄悄地做所有决定，但是最终看着他们一家三口幸福的画面，我还是自私了一回，告诉了他。

庄子一愣住，但是他再也找不到我了，我不会再见他，心死便是如此，感情走到陌路了，便也只有相互放手，才可以获得重生的机会。

我想，我会好好地重新开启我人生篇章，与庄子一不会再有任何关系。

离开后的重生

# 适合恋爱的，不一定适合结婚

"子宁，我分手了。"米罗的口气说得随意。就好像在说，今天的天气不错一样。

子宁头也不抬地接话道："分手了？"随即反应过来，情绪激动地拔高音调确认道，"你说什么？"

"我分手了，恢复单身了。"米罗一字一句地重复了一遍，随即故作轻松地说，"亲爱的，恭喜我吧。"

子宁从自拍中惊恐地抬脸看着米罗："你开什么玩笑？"相机顿时拍出一张彻底受惊而扭曲的脸。

米罗和陈浩从进大学开始就在一起了，两个人毕业季也没有分手，一起在S市打拼，买房定居。

如果不是差一场婚礼，一本结婚证来证明他俩关系的合法性，只怕他们比很多夫妻都要来得恩爱。

"我没有开玩笑。"米罗对着子宁挤了一丝勉强的笑容，强调了句，"我是认真的。"

"怎么回事？"子宁的脸色严肃起来，关切地问着，"你们两个是不是吵架了？"

米罗轻轻地摇摇头："我们没有吵架。"稳稳心神，语气缓和了下道，"只是觉得在一起越来越没劲了。"

"你少矫情啊。"子宁忙安抚着，"你说你们好不容易走过三年之痛，七年之痒，就差一场婚礼，人生就彻底圆满了，你跟我说没劲要分手，胡闹也不是这样的闹法。"

"我们结婚了，就算圆满了吗？"米罗勾着嘴角浅淡地笑笑，"只怕是更糟糕的开始。"

"被你越说越绕了，你跟我说说看，怎么越发没劲了，突然又分手了？"

"我不知道该怎么说。"米罗的秀眉深深地拧了起来。

"那你就挑重点的讲。"子宁耐着性子道。

米罗沉默，认真地组织语言。

"到底怎么回事，姑奶奶，你都急死我了。"子宁不满地催促起来。

"陈浩外面有人了？"子宁试探地问。

米罗摇摇头："这倒没有。"

"那他赌钱吗？"子宁再问。

米罗摇摇头，忙说："不赌，也不涉毒。"

"那怎么回事吗？"在子宁眼里，男人只要不犯黄赌毒这三条铁律，其他的都可以原谅，也都可以忍。

"其实也没怎么回事，"米罗摇摇头，"或许在一起时间久了，新鲜感没了，我们都没有步入婚姻的冲动。"

"你们结婚不结婚也没差别呀？"子宁不以为然道，"陈浩对你算好的了，你们买房一起出首付，却只写了你一个人的名字，贷款也一起还着……"

"打住。"米罗打断子宁的话，苦笑着说，"事实的真相，并不是那样的。"就因为买房出首付写了她的名字，贷款一起还，就跟大爷一样，回家了什么都不做，吃喝拉撒睡都等着米罗去定点投喂。

大家念着陈浩的好，是因为在这个现实的社会，金钱至上的时代，两家一起出首付，每家15万，房子却写着米罗一个人名字，还是未婚的前提下。可见陈浩对米罗的真心，以及对这份感情的真诚。

而事实上用米罗名字贷款，因为她的公积金高，转过身，米罗家又出了十几万给陈浩买了代步车。就是顾及陈浩的面子，米罗一家买房，陈浩一穷二白地娶她，会被说闲话，所以米家让陈浩家一起出首付贷款买房，是因为想给两个孩子有生活压力，共同奋斗目标罢了。

然而却没有想到，在外人眼中陈浩成了大公无私的好人。

其实这也没有什么，两个人在一起过日子，只要彼此开心，无所谓外人怎么看，怎么想。

米罗是想奔着结婚去的，所以她努力不去计较，下班回家洗衣、做饭、做家务，可是却想不到时间久了，陈浩却觉得这些都是她应该做的。

米罗来"姨妈"肚子疼的时候，他连一杯热水都不肯倒。

米罗赌气不干家务活，家里能脏得跟垃圾场一样。米罗真的无法想象结婚生孩子之后，她自己要做多少事？洗衣做饭，加上养两个"孩子"（老公算一个，娃一个）。还要工作，还贷款。

"好吧，就算这件事并没有我们认为那么好，可是，你们平时感情不挺好的吗？"子宁神色发蒙，满脸带着毫不遮掩的疑惑，"平时出来玩什么的，我看陈浩对你不错呀，车接车送的。"大家背地里，还给陈浩颁了个十佳男友奖呢。

"所以，跟陈浩谈恋爱感觉是不错的。"米罗淡淡地接话，随即语气忧伤道，"不过，结婚过日子就不行了。"

"怎么不行了？你们都同居两年多了。"

"那是因为我一直在忍。"米罗的情绪激动了几分，随即意识到自己失控，稳稳心神继续说着，"我也觉得他对我还挺好的，平日里玩得也开心，所以在家里我尽量不去计较他不爱做家务，喜欢把脏衣服、臭袜子扔得满地都是，还抓着手机玩游戏到大半夜，吵到我都不管不顾……"

听着米罗的抱怨，子宁波澜不惊地说："这些不都是可以沟通吗？"两个人过日子就是这样磨合，相互迎合，相互改变，相伴一生啊。

谈恋爱是讲究艺术，但是婚姻就是技术，两个人相互迁就，将两个不同个性的人，互补成为一体。

"沟通啊，怎么不沟通？"米罗深深地叹了口气，无奈地说，"沟通无数次了，两个人也吵过无数次，但是，结果依旧。"语气到最后变得苦涩，自嘲着，"我也想过忍忍，等他的心定了，或许一切都会好起来。"

子宁不知道该接什么。

"上个月查出来，我意外怀孕了。"米罗的语气顿了下，声音带着点哽咽，"他第一反应是让我打掉，还说了没有做好准备之类的话。"

子宁的眉头拧了起来。

"我不知道他还要准备什么？"米罗看着子宁，神色坦荡，"我们有房，有车，有稳定工作，谈了几年恋爱，彼此父母

适合恋爱的，不一定适合结婚

也都认同结婚，而且年纪完全适合结婚，适合生孩子。"

子宁点点头："你们确实都准备好了，条件也完全成熟了。"

"他说，孩子来得太突然了，他需要消化，需要准备。"米罗说到这里，竟然冷笑起来，只是笑中带着眼泪，"他说，我们可以先结婚，但是孩子晚点再要……"

子宁叹了口气："或许太意外，他被吓蒙了吧。"然后安抚着米罗，"你也别急，我们劝劝，都走到这一步了，说分手多可惜。"

明明就差一步，只要两个人达成结婚目的，孩子都有了，岂不是皆大欢喜的局面。

"不用劝了，"米罗摇头，"子宁，我用一条生命的代价看清楚，这个男人真的不适合结婚，我不能再等他长大，我也等不了了。"

有时候压死骆驼的只是最后一根稻草，这件事让米罗之前的忍耐彻底爆发，也坚定了她分手的决心。

"什么？"子宁的俏眉拧了起来，"你说孩子已经……没了？"

米罗点点头："他陪我去做的手术，然后跟我说，孩子以后会有的，我们先操办婚礼。"说着米罗的眼泪便控制不住地流了下来，"没有了孩子，我还急吼吼地要婚礼做什么？"

"或许，陈浩不想你大着肚子穿婚纱不好看呢。"子宁急中生智地说，"或许，陈浩觉得，还想过一段两人世界呢……或许……"

老天，原谅她真的词穷了，不知道应该说什么安慰人了。

"子宁，他就是不想要孩子，不想肩负责任罢了，没有你想得那么多或许。"米罗打断她，"亲爱的，你放心，我现在很好，真的，熬过去最开始难过的几天，现在真的一点也不难过了。"

从第一次听到陈浩让她拿掉孩子的伤心欲绝，到陈浩陪她去医院做手术，米罗的心也一点一点地硬起来，狠起来。当那个没有成形的孩子，从自己身体里流出来的那一刻起，米罗知道，跟陈浩这个男人，也到了说再见的时候。

陈浩以为米罗只是闹情绪，想了很多笑话哄她，也买了很多她爱吃的零食，还有鲜花什么的小玩意儿，费尽心思讨好着她。可米罗看都没有多看一眼，收拾好了东西便回了父母家。

等米罗休息了一周回来以后，第一件事便是把房子挂中介去卖。

陈浩这才开始急了，跪在米罗面前，求她原谅。

米罗只说了一句话："你把孩子弄活，我就原谅你，跟你在一起。"

适合恋爱的，不一定适合结婚

"孩子，米罗，我们还可以生很多很多孩子，为什么你就要较真这一个呢？"陈浩神色脆弱，无助得像个孩子一样，"米罗，我们结婚好不好？结婚了马上就生好多好多孩子好不好？"

"以后就算生再多孩子也不是这个了，而且我也不会再跟你生。"米罗冷笑了一声，"陈浩，我求你留下孩子的时候，你说，你没有做好准备。"她深深地吸了一口气，"现在我想告诉你，拿掉孩子的那一刻，我就做好了分手的准备。"

当米罗真决定分手的那一刻，她竟然有一种解脱了的轻松感。

这一段感情里，本来付出与收获就不平衡，陈浩始终像个没长大的孩子，没有担当，也没有责任。他以为两个人约会、吃饭、看电影就是过日子了，而生活却从来都不是诗歌，除了浪漫，更多的是柴米油盐，洗衣做饭，打扫卫生，并且一做就是一辈子的事。

米罗承认自己也退缩了，她不想做一辈子伺候人的老妈子，她想重新找一个男人，不需要太多的情情爱爱，平日里两个人温情相伴，似水流年就好。简简单单地过日子，你扫地，我拖地，你做饭，我洗碗。

陈浩求过米罗，陈浩父母也出面劝说，但是最终都无效。

双方家长虽然觉得有些遗憾，但是也只能尊重米罗的选择，毕竟她伤了身体，失了一个孩子。

陈浩最后不得不接受了分手的事实。

好合好散，不过是回到从前。

这句话说得实在太过轻描淡写，因为经历过了一段感情，谁都回不到从前了。

米罗心里的一道伤，轻易弥补不了了。

"可是，米罗，这样你不觉得会遗憾吗？"子宁犹豫着问，在听到米罗拿掉孩子这一段时，作为一个女人，还是结婚生过孩子的女人来说，不由自主地带着心疼、惋惜，"其实，经过这件事后，陈浩或许改变了呢。"

很多男人，都是经历过挫折才会成长，或许这次的分手，会让陈浩意识到自己的不足，然后成长起来，变得有担当，有责任。

"遗憾？"米罗轻轻地摇摇头，"不会。"只是后悔，她明白得太晚，所以才要用生命的代价去结束。

或许，陈浩会成长，会变成十佳好男人，也会变成别人家的好老公，但绝对不是米罗家的，因为这个米罗想留却没有留住的孩子，是他们之间最大的隔阂以及伤害。

或许，很多人会觉得米罗太过矫情，这个世界上，是人都会犯错，陈浩当初不过是缺乏了一点勇气，不敢担当责任而已，米罗应该原谅他，然后两个人和好，皆大欢喜地生一窝孩子，这是幸福的结局，也是书里的结局。

事实上，现实生活很残酷。

破镜不能重圆，有些感情，明明爱得很浓烈，走进去才发现，原来只是看着好，冷暖自知。

米罗在这段感情里，受的伤不只是失去了一个孩子，更多的是失去了自我。

当一段感情，一个人毫无原则的纵容，围绕着另外一个人付出的时候，注定不会有什么好结局，因为是个人都会累，也都会有放手的那么一天。

米罗很庆幸，她明白得不算太晚，放手之后，她相信自己能够重新拥有一切。

至少，米罗找回了自己。

至于，未来的路要怎么走，她暂时不想考虑太多，人生实在太漫长了，她想要踏实地拥有每一天。

适合恋爱的，不一定适合结婚

# 那年，我爱过的男孩

## 一

周子欣放下行李，刚打开门，脚步还未进屋，鼻尖便飘来一阵甜得腻人的香水味，她心中一种不太好的预感强烈升起，下意识猛地进屋，看到了一双精致漂亮镶满了钻石的限量版高跟鞋，这双不属于她的高跟鞋刺疼了她的眼睛。

周子欣甚至来不及擦眼泪，便大步流星地朝着卧室奔去。

门没有上锁，房间内也没有传出任何腻人的声音，她深吸了一口气，心里那根弦却依旧紧紧地绷着，听到浴室里传来一阵阵的水声，她神色陡然一紧，俏脸冷了几分，毫不犹豫地一脚踹开了洗手间的门，看到一地凌乱的衣服，抬脸视线对上正惊恐看着自己的苏巧巧。

"子子……子欣姐，你回来了？"好半晌，苏巧巧才找回自己结结巴巴的声音，然后下意识地捂着自己私处。

看到苏巧巧时，周子欣整个脑袋都发热了，她身上穿着自己最喜欢的那一套性感的浴袍，腰间的带子系得松散，两襟大开，滑落到腰间，几乎可以看到两侧若隐若现的山峰。她可怜兮兮的神情，看在周子欣眼里，心头不由得一阵气闷，差点就喘不过气来，冷着脸问她："巧巧，你为什么会在我家？"

苏巧巧的脸上很快闪过一丝慌乱，却很快消失不见，微微低垂着眉眼，低声道："桑岩哥哥约我来的。"

"他约你来做什么？"周子欣的怒火嗖地一下熄灭，倒不是自己不生气了，而是瞬间心冷，桑岩约苏巧巧来做什么，其实她真是问得多此一举。

孤男寡女，她穿成这样，又是这么一副表情，还需要问？

"我……我们只是拍照。"苏巧巧试探地解释了句，"我跟桑岩哥哥什么都没有，你，你千万不要误会。"

"是吗？"周子欣笑笑，若无其事道，"那好，你先穿衣服，我出去了。"礼貌地拉上门，稳稳心神，深呼吸，在心里告诫自己，忍，一定要忍，哪怕现在心里火得想要杀人。

暗骂了一千遍，桑岩，你这个渣男，真是狗改不了吃屎。

这不是周子欣第一次撞到，趁着她出差的时候，桑岩将漂亮姑娘约回家的画面，借口很完美，正经工作，给美女拍照。

可是过程很猥琐，至于结果，周子欣都懒得去猜测。

周子欣从来没有想过，她跟桑岩之间的结局会是那么惨烈。

两个人经历了那么多风风雨雨，本来以为熬过去了，便是幸福的开始，却忘记了，原来有些人真的只能共患难，而不能同享福。

周子欣其实并不后悔，她曾这样爱过桑岩，哪怕爱到最后没有结局。

周子欣想，桑岩也是爱她的吧，至少在开始的时候，两个人真的很相爱，只是后来，生活将这些原本纯粹的爱情，掺杂了太多复杂的人心。

二

周子欣稳稳地坐在沙发上，脑子里却想到她第一次撞见桑岩借着工作的名义，给美女拍照拍到床上去的事，那一次她真是觉得天崩地裂，恨不得一死。

桑岩痛哭流涕、忏悔，不断扇着自己耳光，说自己糊涂了，脑子进水了，求周子欣原谅他，还信誓旦旦保证再也不会犯。

说实话，男人已经犯下了错误，而原谅不原谅对女人来说，其实就完全是在惩罚自己。

如果遇到烈性一点的女子，宁可鱼死网破也不会原谅，那么只有离婚。如果遇到个性格软弱的，那么必然会一忍再忍。而犹豫不决的那类人，注定会在痛苦的深渊里徘徊不前。

周子欣承认，原本性格泼辣、风风火火的她，在这一件事上怂了。

周子欣不想离婚，但是也无法做到原谅，所以她站在了天台上，看着底下来来往往的车辆，深吸了一口气，闭着眼睛便准备一跃而下。

"你想死是很容易的，但是，凭什么是你死？"闺蜜玥玥的声音在身后响起，"明明犯错的人是他，凭什么要你承担结果？你傻不傻？"

周子欣顿住脚步，回头看着玥玥："你知不知道，我很痛苦？我根本就不想活。"

天知道她到底有多爱桑岩。周子欣是宁愿自己死，也舍不得他受半点伤害的。

17岁，进大学第一天，他们邂逅了，一见钟情。

男才女貌，两个人恩恩爱爱携手走过四年，在校园被传为佳话。

在毕业季，很多恩爱的情侣，因为各自的梦想跟追求，选择不同人生而劳燕分飞的时候，周子欣跟桑岩却决定在这座城市"扎根"，并且愿意为了彼此付出自己的梦想。

周子欣本来做着演员梦，可是现实需要一份稳定的工作来支持生活，于是她凭着姣好的相貌和能言善辩的口才，选择了稳妥的文秘工作，彻底忘记那个闪耀着光芒的舞台。

而桑岩，他爱好拍片，自由摄影便成了他的职业。

周子欣赚钱养家，桑岩负责坚守梦想，毕竟牺牲一个已经够了，周子欣不想两个人都没了梦想。

一开始的自由摄影，完全就是烧钱玩票，可是周子欣支持呀，她可以为了给桑岩买一个好的镜头而换了自己用的昂贵化妆品。

为了省钱给他买一个设备，除了自己很久不逛街购物之外，甚至还悄悄地会卖掉自己为数不多的首饰。

当然这些生活中的苦，比起两个人在一起的甜蜜时光，也不算什么。

周子欣为了陪着桑岩等一个日出日落的抓拍镜头，常常可以熬夜不睡，或者很早就起来。

有了周子欣全心全意的陪伴，无怨无悔的付出，桑岩渐渐拿到一些奖，也在圈内混出了些名气，自然会有富贵的客户找上门，砸钱要求拍一些有个性的私人订制。

桑岩的初衷是好的，他想给周子欣减轻负担，也想靠着自己的才华，能够让她过上苦尽甘来的幸福日子，所以他开始接活。

三

劳动致富，只要你追求上进，愿意踏踏实实努力地去工作，再残酷的生活也会迎来幸福。

而事实上，周子欣和桑岩的生活也变得越来越好。

只是两个人约会的时间越来越少，桑岩为了满足客户的各种高端需求，采景，拍摄，虽不至于全国各地跑，但是一刻也不得闲。

而周子欣依旧朝九晚五，回家后一个人面对空落落的房子，不由得五味杂陈。

人一旦精神空虚便容易情绪失控，周子欣的弱点在于太过在乎桑岩，所以任何风吹草动都会紧张得不能自已。从对桑岩无微不至的关怀，到克制不住自己狂打电话的问候，桑岩逐渐变得不耐烦，毕竟他埋头工作的时候，不想被刺耳的铃声打扰，所以拒接、开静音成了法宝。

而关心逐渐变成了担忧，在周子欣打不通电话的情况下，她便开始歇斯底里，等桑岩接通电话，或者在他回家的时候，免不了大动干戈，各种吵，各种作。

桑岩开始的时候会耐着性子哄一哄，而时间久了便开始不耐烦起来，相互指责埋怨，吵着吵着就开始撸袖子，摔东西。

惊天动地吵完架后，便是离家出走，毫无音讯地冷战。

周子欣认真地想了想，大概最开始吵完架，她出门不到半天，桑岩便会拉下面子找她，求她回去。

而后来吵完架他虽然还会找自己，但是不会再死皮赖脸地求她，态度也变得随意。我都找你了，你爱回不回，不回就以后真的别回了。

再后来周子欣赌气出门十天半个月，桑岩都不会找她了，她自己痛苦地将情绪收拾好，灰溜溜地回家。

赶上桑岩心情好的时候，他不会说什么，若是遇到他心情暴躁，甚至还会嘲讽周子欣几句。但是周子欣都哭着把眼泪往肚子里吞，她爱这个男人，不想离开，所以宁愿委屈自己。

最让她崩溃的那次是，她撞见了桑岩出轨，清清楚楚地看着他们在自己家客厅里，翻云覆雨。

周子欣当时脑子一热，满脑子就想杀人，而事实上她冲进厨房，提着菜刀跑出来的时候，桑岩神色慌张、衣不蔽体地从她手里夺过菜刀，凭着人高马大的优势，将她反制，压在她身上，菜刀贴着她的脖子，居高临下地看着她问："周子欣，你是不是真想我死？"

菜刀被架在脖子上，周子欣整个脑子都蒙了，也不知道该回答是还是不是，只是泪眼婆娑地看着他，这个她曾经深爱的人。泪水模糊了视线，而他清俊的样子也模糊不堪……

沉默在两个人之间蔓延，那个小三什么时候走的，周子欣都无暇顾及，只知道她脖子上的刀，一点一点冰凉地将她心底的希望打碎，她甚至都想放弃求生本能，缓缓地闭上了眼睛，心里想着能够死在最爱的人手里，至少他会一辈子记得自己，不再遗憾了。

可是时间过去一分一秒，桑岩都没有任何动作，直到周子欣整个人都被压麻了，忍不住动了一下，刀刃划过脖子。说实话周

那年，我爱过的男孩

子欣都没什么感觉，桑岩紧张地丢开刀，结结巴巴道："子欣，你别动，你流血了。"

周子欣就这样满脸疑惑地看着桑岩小心翼翼地拿来药箱，然后帮她一点一点地消毒，包扎。

完事了，桑岩拿着刀，跪在周子欣的面前，痛哭流涕地求她原谅："子欣，我错了，你杀了我吧。"

周子欣看着在自己面前自虐、痛哭流涕的爱人，即使把刀递到她手里，她怎么会忍心下手去伤害呢？

除了抱头痛哭之外，便是原谅他的恶俗戏码。

## 四

"你知不知道，我很痛苦？我根本就不想活。"

周子欣可以原谅桑岩的出轨，他是个男人，不是圣人，总会有失控犯错的时候可是她无法原谅自己，自从那一件事后，她整个人变得疑神疑鬼，怀疑自己得了抑郁症，总是踌躇得整夜整夜不睡觉，当然不是她不想睡，而是一旦睡了，满脑子都是那一天的画面，她真的恶心得想吐。

更严重的后遗症就是，周子欣也无法接受桑岩的触碰，只要他做一些亲昵的动作来，周子欣便会情绪失控发脾气。

桑岩一改往日跟她大吵大闹的样子，用他的温柔和体贴陪伴着她，可是越是这样，周子欣的状况越不好。她害怕桑岩离开，每时每刻都想要看着他在自己身边，同时心里又厌恶这样爱得卑微没骨气的自己。

当周子欣为了找回自信，为了忘记过去不愉快而选择去整容时，惊呆了所有人。

当玥玥知道这个消息的时候，周子欣的相貌已经改头换面了，可是她的内心却一点也没有改变，依旧矛盾、痛苦。

这时候的周子欣，真觉得活着没有什么意义了。

玥玥神色无奈地看着她，劝道："子欣，你能不能理智点？"做错事的不是她，而是桑岩，结果选择惩罚的却是她自己，"你跟桑岩现在在一起已经很不开心了，要不然，就分开吧。"

玥玥甚至怀疑，周子欣再这样下去，迟早会疯。不，其实已经算疯了，为了爱情都整容成另外一个人了。

"我不能离开他，离开他我会死。"周子欣情绪失控地吼起来。

"可你现在不离开他，你也想死啊。"玥玥神色淡淡的，心里却紧张到不行，心脏咚咚跳动，她害怕自己一不小心就说错什么话，让情绪失控的周子欣真的跳楼了。可是她真没办法，给桑岩打电话，他竟然挂断了，发消息也不回，也不知道他到底是怎么想的？

这句话，让周子欣的神色恢复了几分理智。是啊，她到底在做什么呢？忍着一刀一刀的疼痛，将自己生生逼成另外一个人，却发现一点用都没有。

该她痛苦的，还是她一个人在痛苦，该她流泪的，谁都替代不了。

玥玥见状，也不指望桑岩了，她慢慢地朝周子欣走过去，耐着性子跟她说："子欣，你也不小了，你自己想想，你父母把你拉扯长大容易吗？你这一跳很简单，自己一了百了了，可是你想过你父母失去你会是怎么样的吗？"

周子欣的脑海里想起自己年迈的父母，下意识地缩回了半步。

当初自己一股脑地想去整容，把父母吓得半死，母亲更是血压高得直接去医院抢救，醒来第一句话，就是哭得撕心裂肺求她不要，可周子欣还是悄悄去了。

那时候周子欣以为父母不会原谅自己，结果父母拖着年迈的身体，不放心地陪着照顾了她将近一个月，整日絮絮叨叨："妞啊，你要好好活着，才是我们的指望，爸妈老了，就想你太太平平的，好好地过简单日子。"

玥玥见状，继续再接再厉道："你父母年迈无依，辛苦操劳了一辈子，连个指望都没有，别说病了没人照顾，就是连医院看病都不一定有钱，真到了那么一天，吃不饱穿不暖，生病也不能看，没有经济来源，没有你养着，他们的晚年难道去要饭吗？"

周子欣沉默，显然有些被打动。

"七老八十的人，风吹日晒地在外面漂着，朝不保夕的，还要被人唾弃，运气不好的时候或许还会被人打，伤痕累累，体无完肤，你想象一下，你的良心不会痛吗？"

"玥玥，你别说了。"周子欣终于神色痛苦地打断她。

"你过来，我跟你好好聊聊。"玥玥站在周子欣面前，伸手将她拽了一把，"子欣，谈恋爱应该是一件幸福的事，但你觉得幸福吗？"

周子欣认真地想了很久，回答说："我们当初很幸福的。哪怕，生活条件艰苦，有时候要忍饥挨饿。"

"现在呢？"玥玥再问。

"现在，有时候幸福，有时候不太幸福。"周子欣想到桑岩的好，还是会觉得甜蜜，但是想到那些不好，她又忍不住唏嘘。

"离开桑岩，你会怎么样？"玥玥试探着问。

"我从来没想过要离开他。"周子欣诚实地回答，"不敢想象。"

"你刚才死都不怕了，这有什么不敢想的？"玥玥不满地瞪了一眼周子欣，"你给我好好想想。"

五

"离开桑岩了，我的生活就没有重心了。"周子欣想了想说，"我会像个行尸走肉一样活着，我也不知道活着的目的是什么？"

"我们来划一下重点，离开桑岩，除了生活重心、精神目标支柱，你还是活着的对吧？"

面对玥玥坦诚的眼神，周子欣犹豫了下，还是点点头，"可能活得不太好。"因为对于某些人来说，这样空洞地活着，还不如死了算了。

那年，我爱过的男孩

"生活重心我们可以找，精神支柱我们也能换，你信不信，你离开了桑岩，你可以活得更好？"玥玥信心满满地看着周子欣，"你先别回答我，做不到，你去试试好吗？"

周子欣茫然地看着玥玥："怎么试？难道让我试着跟桑岩分手吗？"

"我如果说，让你现在离开桑岩，你一定会说做不到，所以，不用试着跟桑岩分手。"玥玥扯着嘴角灿烂地笑笑，"你跟桑岩还是在一起好好谈恋爱。"

"那跟原来有什么区别？"周子欣疑惑地问。

"有，从现在开始，你原来的生活是围着桑岩转，现在请你看看自己，围着自己好吗？"

"围着自己？"周子欣似乎有些明白，"那你陪我去逛街吧。"她准备疯狂地购物，从头到脚打扮下自己，这样也可以发泄下不愉快的心情。

"不。"玥玥摇摇手，口气认真地说，"一次心情不好可以买一个包，哪怕一个包不够，两个都行，但是这一招对你不管用了。"

"那我该怎么办？"周子欣确实对购物有些免疫，她第一次跟桑岩吵架的时候就这样买了两个包，桑岩哄她就欢欢喜喜地跟他回去了。

后来每每吵架一次，便会买上许多东西，再到后来哪怕刷爆了银行卡，桑岩也不为所动了。购物最多在赌气的时候管用，能够让自己消气。而周子欣自己也会厌倦，毕竟心若伤了，买再多东西其实也好不了。

"我记得你以前喜欢跳舞吧。"玥玥肯定地说，"我带你去报个舞蹈班。"

"没用的，之前我也报过，但是没坚持住。"周子欣唤住玥玥，解释道。

"你也说了，没坚持住。问问你自己，为什么没坚持住？"玥玥严肃地问。

因为工作忙，因为要关心桑岩的起居，因为有时候跟他吵架……周子欣想到了各式各样的原因，最终苦笑着跟玥玥回答："其实我也说不上来，但是就是各种各样的原因，就没去了。"

"那你爱桑岩，怎么就能坚持这么多年呢？"玥玥反问。

"那不一样。"周子欣下意识道。

"怎么不一样了？"玥玥目光灼灼。

"桑岩他是我爱的人呀。"周子欣说完，情绪便再次低落起来，"虽然现在出现了问题，但是我还是很爱他的。"就是因为爱，所以宁愿惩罚自己，也不想去伤害他。

"那你把跳舞也当作爱人来对待。"玥玥无奈，叹息了一口气，"你先坚持三个月，无论什么原因，都不许停。"

周子欣犹豫了下，点点头，然后跟玥玥去报了一个舞蹈班。

玥玥说："子欣，如果你想跟桑岩更好地在一起，那么听我一次，坚持一次，如果你还是想回到永无休止的争吵中，那么你还不如去死。"

死，周子欣是肯定不会了，因为她要对得起自己的父母，所以她异常有信心地点点头："我会尽量。"

"不是尽量，而是一定。"玥玥坚持。

"好吧，我保证。"周子欣总算承诺下来。

六

说实话，要坚持做一件事其实挺不容易的，尤其遇到桑岩跟舞蹈班冲突的时候，周子欣往日都会毫不犹豫地选择桑岩的事，可是想到自己跟玥玥的保证，她第一次开始说不。

桑岩还挺纳闷，不过以为周子欣只是闹脾气，也没放在心上。

日子在平稳中，不咸不淡地过着，周子欣跟桑岩意见不合的时候，还会争吵，但是更多的时候，她把时间泡在舞蹈房里，原来只是按照老师的要求，到后来，是她主动要练习，还有排舞。

一次两次的，桑岩觉察出不对劲，他也试探着问过周子欣，到底在忙什么？得到她只是在学习舞蹈的事，便也就不了了之。在他眼里，只要周子欣不疑神疑鬼，不找他各种作，就阿弥陀佛了，她愿意学啥就去学啥吧。

而对于周子欣来说，她从许久没练，第一次拉伸的腰酸背痛到身体协调性越来越好，而且从舞蹈中，她渐渐找回自信，也渐渐找到自己的生活重心，她开始学着拒绝桑岩，不再围绕着他转，也开始试着跟其他志同道合的女生一起吃饭、聊天、逛街。

桑岩开始的时候还觉得庆幸，但是时间久了，他原来的优越感便荡然无存，他开始无理取闹地在周子欣面前刷着存在感，闹着小别扭。

说实话，看到桑岩的变化，周子欣挺高兴的，说明他是在乎自己的，但是却不准备再回到从前那种生活了。

桑岩见周子欣不那么在乎自己了，心里顿时失落起来，有时候甚至会暴脾气地找碴儿。周子欣却一改往日的蛮不讲理，试着开始跟他沟通，毕竟对于她这种为了爱情，可以不怕死，不怕疼，不顾一切的人来说，爱情很重要，桑岩依旧很重要，她所做的一切改变，不过是想自己变得更优秀罢了。

可惜，桑岩听不进去，他只说一句话："周子欣，你如果还想跟我好好在一起，以后不许去跳舞了。"

没有商量，没有沟通，也没有任何尊重。

周子欣看着陌生的桑岩，本来准备好的一切说辞，顿时全部卡在喉咙口，委屈溢满心头，她突然觉得，这一段感情是时候要冷静地想想，是不是还有走下去的必要。

明明说好要一起慢慢变老，却发现走着走着就散了，周子欣努力地抓过，却发现紧握的感情，就犹如手中沙，越是握得紧，越是消失得快。

# 七

周子欣就这样看着桑岩，像他第一次犯错那样，跪在自己面前，痛哭流涕，甚至还主动递上刀，说他错了，请求惩罚。

周子欣轻轻地推开刀："桑岩，这一次我不会再原谅你了。"

桑岩看着神色冷静的周子欣，语气顿时暴怒起来："你是不是早就做好了要分手的准备？"所以这半年来，对他异常冷漠。

"我一直做着要跟你重新开始的准备。"周子欣看着桑岩，眼泪唰地一下流了出来，"我以为我变得足够优秀，便可以跟你比肩。但是我发现我错了。"说到这里，周子欣深深地叹了口气，"你从来都不需要我变得优秀，我只要站在原地等你回头就可以了。"

可是有时候，桑岩自己走远了，找不到回来的路了。

"桑岩，我们相爱一场，好合好散，希望再见的时候，还能做朋友。"周子欣道完别，看了一眼楚楚动人的苏巧巧道，"我祝福你吧。"

桑岩是不相信爱他如命的周子欣，这一次会不吵不闹地离开他，但是时间一天一天地过去，周子欣再也没有回来找过他。

桑岩坐不住满世界找她的时候，却发现周子欣像彻底消失了一样。

等他再次看到周子欣的时候，是在电视台的舞台上，她漂亮、高贵、端庄、自信，可是隔着屏幕，桑岩却再也触碰不到她了。这一刻他才明白，原来周子欣也是有梦想的，而她为了成就

那年，我爱过的男孩

他，差点放弃了自己。

两个人分开后，周子欣上了舞林大会，在舞台上熠熠生辉。

人生五味杂陈，她爱过、恨过，最终也理智地选择了放弃。除了爱人，我们还有被人爱的权利，除了成就别人的梦想，也该为自己活一把。

周子欣庆幸，爱情、梦想她都坚持过，至于结果，那并不重要了。

因为，人生要的便是这一个个成长的过程而已。

# 那个女孩，曾经吻过我

一

"皇甫浩宇，你把人藏哪儿了？"主卧室走出一位五十多岁的老太太，当然喊她老太太是顾倩倩心里对她的称呼，借给她十个胆子她也不敢喊一句老太太，要知道皇甫浩宇的母亲——欧阳惠琴，每天擦着各种名贵化妆品，保养脸比大姑娘还积极，平时只准用人喊她太太跟姐，谁喊阿姨她都得跟谁急。

皇甫浩宇面不改色地回他娘："妈，你说我藏谁了？"他摊摊手，"这屋里不就你跟我，"嘴角朝着顾倩倩挪了下，"还有倩倩。"

顾倩倩被点名，虽然满头雾水但是稳稳心神，对欧阳惠琴扯了一个谄媚的笑脸，讨好地问了声好："妈，你来了呀？"

"哼。"欧阳惠琴傲气地哼了一声，冷着脸转向皇甫浩

131

宇，"真没藏起来？"

明摆着不想搭理她，顾倩倩也懒得热脸贴冷屁股，干脆搬个凳子安静地做个吃瓜群众，看她跟儿子过招。

"你都把屋子翻了个遍，找到人了吗？"皇甫浩宇一脸无辜地反问。

"可是我明明瞧见你带她进来了……"欧阳惠琴就是这样跟过来的。

欧阳惠琴这个婆婆不待见顾倩倩，因为她本想娶顾市长的千金顾茵茵，却阴差阳错娶了他家身份不明的养女，更生气的是结婚两年多，顾倩倩的肚子一点动静也没有。

当然老太太更不待见的是皇甫浩宇的初恋刘如云，也不知道刘氏地产千金跟她到底有什么仇什么怨，反正八字不合，见面就要拼个你死我活。

当初皇甫浩宇跟刘如云恩爱得山崩地裂，犹如连体婴不可分割，被她各种作，各种鸡飞狗跳地胡闹，生生地将一对鸳鸯拆成了一对怨偶。

听着这对母子的对话，应该是皇甫浩宇将刘如云带回家里来，被欧阳惠琴给撞见了。

顾倩倩虽然心里有些不喜，但是还算识大体的没有跟皇甫浩宇当着他妈的面吵起来。

"妈，你看错了。"

"可能吧。"欧阳惠琴不死心地又扫了一眼屋子，眼神扫到顾倩倩身上的时候变得犀利，语气瞬间尖酸起来，"你看看这屋子，怎么搞得这么乱七八糟也不知道收拾下？"

明摆着拿顾倩倩撒气，无辜躺枪的她还要摆出虚心受教的样子来："妈，是我不好，没收拾好，我这就收拾。"你跟你儿子不来，屋子干净着呢，手摸地板都染不出一层灰。

"你先别收拾了，跟我说说，你肚子怎么还没动静？"欧阳惠琴语气不善道，"中医给你开的药你到底有没有按时吃？"

我好端端的，我吃个屁药！腹语完，顾倩倩脸上还是摆出乖巧得体的笑容来："吃的，一直都在按时吃呢。"

"吃了都怀不上？"欧阳惠琴的脸色严肃起来，"改天我要带你去做一个详细体检，你要身体有问题，我看干脆离婚算了。"

离婚好啊，顾倩倩眼神悄悄瞥向皇甫浩宇，大爷，你听听，你妈都在嫌弃我不会生，我们反正迟早都要离婚的，早点把手续去办了也好呀。

"妈，你做脸的时间好像到了。"皇甫浩宇连眼神都懒得回她，抬手看了一眼手表道，"要不，我送你去？"

"我自己开车来的，谁要你送？"欧阳惠琴赏了个难看的眼神给皇甫浩宇，随即又射了两把"冰刃"给她，"皇甫少奶奶的位子不是那么好坐的，你自己好自为之。"说完带上门，风风火火地走了。

关上门，顾倩倩才看着皇甫浩宇问："人呢，藏哪里了？"

刘如云狼狈地从衣柜里爬出来，神色有些不安地看着顾倩倩，心虚地打了个招呼："倩倩，你好呀。"

"说说看吧，把人带我这里来，你什么意思？"顾倩倩没有理会刘如云，目光灼灼地看着端坐在沙发里的皇甫浩宇，她名义上的老公，却在新婚第一天便签了离婚协议，不过为了双方家里的面子着想，协议注明，要一年后才可以公布离婚的关系，把协议正式换成离婚证。

"没什么意思呀。"皇甫浩宇语气一如既往地吊儿郎当，"我就临时想到你了，过来看看。"

"我真是谢谢你的关心，你想到我，你还带着小三来看我？"顾倩倩笑得勉强，"皇甫浩宇，你别以为我不知道，你想突然袭击是吧？"

"是又怎么样？"皇甫浩宇的神色认真起来，"我看你在挂卖房子的信息，我来关心下不行吗？"

"有必要吗？"顾倩倩丝毫不领情。

皇甫浩宇俊脸有些挂不住："你这个女人，怎么这么不识好歹？你缺钱，你跟我说呀，你卖房子了，以后怎么办？"说到这里，刘如云神色紧张起来，瞪着皇甫浩宇，不悦地打断："你什么意思？"当着她的面，关心起这个摆设的妻子，当她是死的吗？

皇甫浩宇转过脸看了一眼刘如云，不动声色地解释了下："她朋友圈有我妈妈那些人，我怕被看到消息了，以为我生意是不是遇到麻烦，我怕被重点关照。"

听到这里，刘如云的脸色也才好看了那么一点点。

"皇甫浩宇，我实话跟你说吧，我准备卖了房子离开S市。"顾倩倩心里犹豫了下，如实跟他说。

"离开？为什么？"皇甫浩宇不解地问。

不等顾倩倩回答，刘如云倒是接得飞快："倩倩，你真要离开？那你开个价，这房子我买了。"

顾倩倩看了她半晌，咧开嘴角笑笑："好啊，我挂中介了，你自己去谈。"

皇甫浩宇还想问，但是看了眼刘如云，没好意思问出口，只说了句："既然你自己想好了，那么好自为之吧。"

顾倩倩目送着他们离开，这才长长地叹了口气。

卖掉房子，离开这座伤心的城市，或许她还能够有勇气重新开始吧……

二

　　顾倩倩虽然是顾家的养女，但是从小到大，她吃的、穿的、用的，都不比顾茵茵差，甚至在儿时不懂事的时候，两个人抢玩具什么的，都会把好的，她想要的给她。顾倩倩那时候沾沾自喜，自己获得的宠爱比顾茵茵多，或许她才是亲生的，而顾茵茵才是领养的那个。长大后她才知道，顾家人宠着她的真相，是因为报恩，因为顾倩倩的父亲，是为了救顾市长而丢的性命。

　　原来自己得宠的真相竟然是这样的。

　　顾倩倩便有一种一夜长大的感觉，她不再跟顾茵茵争宠夺爱，变得自卑而又小心翼翼起来。

　　十六岁那年，顾家给千金举办生日宴，皇甫家也受邀而来。

　　那是顾倩倩第一次见到皇甫浩宇，他根本不像是十六岁的孩子，身高大概有一米八了，清隽的脸蛋，优雅的举止，简直就是少女心中的白马王子。

　　跟顾茵茵玩的都是货真价实的千金小姐，她们总是有意无意地讽刺顾倩倩这个外来的姑娘，霸占了原本该属于顾茵茵的宠爱。

　　说实话，顾倩倩倒是无所谓，她现在内心深处反正自卑着呢。

　　顾茵茵听得多了，自然打心眼里也是瞧不上顾倩倩的，虽然不屑于去找碴儿，但是也不会给顾倩倩好脸色，尤其看到自己一个闺蜜不小心撞到了顾倩倩，不但没有帮忙，甚至还帮着一起冷

那个女孩，曾经吻过我

嘲热讽。

皇甫浩宇走过，淡扫了一眼咄咄逼人的几个女孩，视线最终在那个抱着自己身子蹲着的顾倩倩身上顿住。她的忧伤或许打动了皇甫浩宇吧，本不想多管闲事的他，下意识地走过去，将顾倩倩扶了起来，对着那几个女孩说："亏得你们都是名门淑女，怎么骂起人来一套一套的？"说着又补充了句，"这种素质在这样的场合，很丢人好不好？"

顾茵茵的脸色都气白了，伸手指着皇甫浩宇："你，你到底是谁？知道我是谁吗？"

"你是谁跟我没关系，"皇甫浩宇冷酷地说道，"但是你这样大呼小叫很丢人，注意点形象，顾大小姐。"

"你！"明知道顾茵茵是大小姐，还敢故意这样损她，真是把顾茵茵气得抓狂，但是看着他穿着不凡，她也没有没脑子地破口大骂，只是恶狠狠地丢了句，"你等着。"然后气呼呼地走了。

皇甫浩宇见危机解除了，便对顾倩倩说："你以后自己也注意点，你是人，不是包子，不要光顾着受气，随便让人捏。"

顾倩倩点点头，她只是不想因为自己在顾家引起冲突罢了，息事宁人似乎成了她的座右铭。

而事实就跟皇甫浩宇说的那样，就算她忍，忍成神龟，该起的冲突，一样再起，那就只能忍无可忍，无须再忍。


三


顾倩倩跟皇甫浩宇的第二次见面是在学校的游泳馆。

确切地说，是顾倩倩救了落水抽筋被呛晕的皇甫浩宇，还给他来了一次亲密的人工呼吸。为了避免醒来尴尬，在救护员到的时候，她匆匆地离开了。

很多次夜深人静的时候，想起那个人工呼吸的吻，顾倩倩的内心都会如小鹿乱撞般怦怦乱跳，她想她是恋爱了。

她悄悄地暗恋上了皇甫浩宇。

顾倩倩、皇甫浩宇同在一个私家贵族学校，只不过皇甫浩宇比她高两届罢了。

所以平日里，只要稍微留神，顾倩倩总能一次一次地制造跟皇甫浩宇偶然擦肩而过的机会，只是她从来没有主动打过招呼、搭过讪，只是默默地看他一眼就匆匆走过。

在顾倩倩心里，她把皇甫浩宇这个名字种在心底，她只要看到他笑，便会觉得自己幸福满满。这是一种只求付出、不求回报的感情，也是她青春里一首动人的歌曲。

而皇甫浩宇，他的眼中只有漂亮性感女神刘如云，这个自己的救命恩人。

如果不是皇甫浩宇的母亲欧阳惠琴棒打鸳鸯，皇甫浩宇跟刘如云一定会是相亲相爱的一对金童玉女。

可是既然发生了棒打鸳鸯，必然会有恶毒女配上场。

顾茵茵跟皇甫浩宇一个学校，当然清楚皇甫浩宇对刘如云的感情有多深，她自然不肯凑热闹，但是明着拒绝皇甫家的联姻又很不妥当，所以她从顾倩倩屋里偷出笔记本，对着爸妈说："爸妈，我不答应并不是皇甫浩宇不好，而是倩倩喜欢他。"说着把日记摊开，"倩倩喜欢皇甫浩宇好多年了，我如果跟他结婚了，倩倩一定会痛苦死的。"说到后来，甚至还配合着掉了几颗眼泪。

顾世昌跟夫人对视了几眼，虽然觉得看孩子日记这种事有些不太厚道，可是为了验证这件事的真实性，他们还是庄严地捧着日记看了几篇，证实了顾倩倩确实喜欢皇甫浩宇，顾世昌心里顿时大乐，既跟皇甫家联姻卖了好，又能圆了顾倩倩的心事，报答恩人，简直太棒了。

顾家答应了皇甫家的求婚，双方家长便火速地操办起了婚事。

四

顾倩倩还以为顾茵茵要嫁了，等知道他们竟然是为自己而操办的时候，顿时哭笑不得地拒绝，她说她已经不喜欢皇甫浩宇了。或者说，那个处处对刘如云护如珍宝，却对别人弃如草芥的皇甫浩宇，她要不起，也不想要。

顾世昌却对她说，晚了。

是的，为了争取把她嫁过去，他真是费了心思，好不容易才说服皇甫家，把新娘换成养女顾倩倩的，这会儿说不行，那岂不是在玩弄皇甫家？

顾倩倩拒绝不了顾世昌，也深知他确实想报恩，而不是把自己推入火坑，所以还是硬着头皮嫁了。

顾倩倩想，就算以前皇甫浩宇跟刘如云爱得如胶似漆，流传了各种传奇故事，但是只要结婚了，就会收心吧，她不求皇甫浩宇多爱她，但是至少能够相敬如宾就好。

可事实上却犹如当头棒喝。

新婚夜当晚，谈完离婚协议，皇甫浩宇便对她冷冷地说："以后你就顶着皇甫太太的名头，一个人住在这屋子老死吧。"然后转身就去了刘如云那儿。

一别小半个月回来了一次，看着顾倩倩面无表情地吩咐："今天如云要来家里玩，你给我做一桌菜，晚上在家吃。"

顾倩倩果真去做了一桌子菜，等皇甫浩宇跟刘如云来的时候，当着他们的面，将菜一个一个倒入垃圾桶里，"我就是倒垃圾桶，也不会赏给你们这对贱人吃。"

这句话惹毛了皇甫浩宇，他一个箭步冲上前，狠狠地将顾倩倩推倒，浑身充满戾气地警告着："顾倩倩，你别太过分了。"然后转过身，暖言软语地哄着刘如云。

到底是谁过分？

顾倩倩摸着自己被撞开花的后脑勺，目送着皇甫浩宇跟刘如云离开后，才冷冷地看着自己鲜血淋漓的手，一个人打了120，默默地去了医院。

伤还没养好，刘如云便找上门来，对顾倩倩说："你离开皇甫浩宇吧，你这样死皮赖脸地跟着他，只会让他厌烦。"

顾倩倩还没说话，刘如云便把她的日记甩到她的脸上，"就因为你喜欢他，所以不择手段地拆开我们，顾倩倩，你的心肠怎么能那么歹毒呢？"

"我没有。"顾倩倩无力地辩解道。

"事实如此。"刘如云哭得梨花带雨，"顾倩倩，放了浩宇吧，我不想因为你再跟他吵架。"

顾倩倩没有接话，刘如云闹了一会儿走了，皇甫浩宇却回来了，他进门就甩了顾倩倩一个耳刮子，"顾倩倩，你能不能别用喜欢来恶心我？"

"我没有……"顾倩倩看着皇甫浩宇浑身的酒气扑面而来，不由得下意识地后退，"皇甫浩宇，我没有喜欢你。"

"没有喜欢我，你千方百计地拆散我跟如云做什么？"皇甫浩宇质问。

"没有喜欢我，为什么逼着我娶你？"皇甫浩宇问到这里，猛地将她压倒在地，"顾倩倩，你到底想怎么样？你才可以放过我？"

看着他性感的唇在自己眼前晃悠，顾倩倩眼睛一闭心一横，张嘴就吻住了他，然后飞快地退开，眼睛直直地看着皇甫浩宇："你还能记得吗？那年你落水，救你的人是我……根本不是随着护卫员赶来的刘如云好不好？"

皇甫浩宇的脑袋蒙了下，借着酒意猛地一把将顾倩倩抱住，两个人稀里糊涂地圆了房。第二天皇甫浩宇头痛欲裂地醒来，猛地就出脚把顾倩倩踹下了床，嘲讽道："顾倩倩，你还真是不要脸，做那么多事就为了睡我。"

"我没有。"顾倩倩的解释是苍白的，而皇甫浩宇根本也不屑听她解释，面无表情地穿好自己的衣服，然后对她说，"你最好给我忘记昨晚的事。"

顾倩倩咬着唇没有接话，看着犹如王者一般高高在上的皇甫浩宇，突然觉得自己的心有些疼得难受。

"还有，你别指望怀孕来套住我。"皇甫浩宇临走前说，"你的孩子，我不会要。有了也只是打掉的份，所以你自己看着办。"

是啊，就为了这句话，顾倩倩默默地去药店买了事后避孕药。


五


皇甫浩宇努力想把这件事给忘记，但是却犹如被打上烙印似的根本无法忘记，而且顾倩倩那句，救你的人是我，就跟魔咒一样，徘徊在脑海里。

明明不想回来，但是皇甫浩宇还是带着刘如云回来了。

嘴里说着挑衅的话，看着顾倩倩张牙舞爪地反扑，他才觉得，或许生活是正常的。

可是这对于顾倩倩而言，却是煎熬，每一分每一秒都是煎熬。

她不想看到皇甫浩宇，也不想看到刘如云，更不想看到他们两个秀着恩爱故意给她撒狗粮。

但是这两人却偏偏阴魂不散，这让她很痛苦。

更痛苦的是，顾倩倩发现那个事后避孕药失效了，她竟然一次中奖，怀了皇甫浩宇的孩子。

想到皇甫浩宇那天说的话，加上自己是吃了事后避孕药怀的，顾倩倩毫不犹豫地一个人去医院做了流产。

白白的天花板，空荡荡的病房，冰冷的机械，将她本来就疼痛的心，一点点击垮。她终于溃不成军，终于觉得累了，是时候该放手了，然后将房子卖了，换一个城市好好地生活。

皇甫浩宇找过她，但是当一个人真心故意要躲起来的时候他根本就找不到。

找不到人的时候，他认认真真地将顾倩倩的日记本读完，那里写满了她的心事，还有对他毫不遮掩的浓烈爱意。

顾倩倩真的从来没有求过跟他在一起，也并没有不择手段，而是命运将她推给了自己，只是注定了有缘无分……

想起她说的话，救你的那个人是我，还记得这个吻吗？皇甫浩宇便不自觉地摸上自己的唇。他想他这辈子都无法完整地去爱刘如云了，因为他的心丢失了一块。

# 别让父亲难过，他也会哭

## 一

"你怎么看孩子的，你怎么能把孩子伤到这地步？"童子月哭着对自己的父亲童月林大声地怒吼，"你看看，你看看，我儿子都伤成什么样了？"

"子月好了，好了，你别说爸爸了，他也不是有意的。"王大伟见童月林神色悲恸，不由得拉了拉自己的老婆童子月，劝说着，"你先冷静冷静。"虽然自己也心疼儿子，但是吵吵闹闹毕竟不是解决问题的办法，他作为大男人，只能理智。

"冷静，冷静？我怎么可能冷静得下来？"童子月哭得撕心裂肺的，伸手指着抢救室的门，哭吼着，"我的儿子还在里面抢救，为什么受伤的不是你？"说着，猛地一把推向童月林，"我把儿子交给你看，你就这样看他的？你赔我儿子啊。"

"月月，对不起。"童月林愧疚地看着自己怒火攻心的女儿，不知所措地开始道歉，"真的是我不好，我没看住孩子，对不起，是我的错。"说到后来老泪纵横，"对不起，对不起，都是我不好。我该死。"他的外孙，童飞翔才一周岁，周末童子月加班，临时把孩子交给他看。他给童飞翔泡奶粉的时候，哪知道这孩子手快，淘气地直接去拉放在一边的热水瓶，瓶子被拉倒，整瓶子热水都冲了下来，他眼疾手快地去抢，可是孩子还是被无情的热水给烫得嗷嗷直叫。

童月林吓坏了，急中生智地想到用冷水降温，忙抱着童飞翔奔去洗手间剥了衣服裤子开了龙头用冷水冲，结果这孩子受不了惊吓而吓昏了。

童月林看着孩子胳膊、大腿都被烫得皮都脱了，一片血肉模糊。这才慌了手脚，给女儿打电话，又叫了救护车，兵荒马乱地将孩子送来医院急诊抢救。童月林真恨不得那瓶子热水烫伤自己也不舍得自己的宝贝外孙受这么大的苦，当然他自己抢热水瓶的时候被烫伤却丝毫没有察觉。

"孩子的家属呢？"医生走出急诊室，边摘口罩边说，"去办理下住院手续，孩子要留院观察一段时间。"

"医生，我儿子怎么样了？"童子月拽着医生问，"要不要紧？"

"目前没有生命危险。"医生大概理解作为母亲的焦躁心情，耐心解释道，"伤口也紧急处理妥当，上药包扎过了。不过被灼烧的前十天容易发生感染，要小心注意别感染了。"

"哦，好。"童子月忙不迭点头，"那我们需要注意点什么？"

"防止他发烧，你们时刻留意下体温。"医生交代完，然后

别让父亲难过，他也会哭

安慰了句，"放心吧，孩子会好的。"

童子月这才松了口气，推着丈夫王大伟："你赶紧去交费，办住院手续。"

童月林则像是个做错事的孩子一样，低着脑袋，不安地跟在童子月身后，焦灼的老脸上布满了辛酸的难受。

现在他悔恨得要命，那个热水瓶，童子月让他换掉很多次了，可是他总是一拖再拖，直到发生这样的悲剧，他真恨不得杀了自己。

二

"宝贝，你没事吧？"童月林推开病房门，看着躺在床上包着结结实实白纱布的儿子，心情异常难受地问，"疼不疼呀？"

"妈妈疼，疼。"童飞翔看到童子月便大哭起来，嘴里直嚷嚷着疼。

"儿子乖，妈妈在这里，不怕，不怕。"童子月忙上前小心翼翼地抱住儿子，轻柔地拍着哄道，"咱们家飞翔最勇敢了，一定会没事的。"

"飞翔，是外公不好，外公没看好你。"童月林看着宝贝外孙这副模样，心疼、自责不已，"对不起。"

"疼……"童飞翔看到童月林可能就想到当时的画面，哇哇大哭起来，嘴里指着道，"外公坏。"

童子月看到宝贝儿子这副模样，又见他对童月林如此抗拒，立马恼羞成怒地迁怒道："你走吧，我儿子不想看到你。"

"月月我，我……"

"你什么都别说了，我不想看到你。"童子月看着自己宝贝儿子的惨样，心里就忍不住埋怨起自己的父亲来，这么小的孩子发生意外，都是大人没有做到监护的责任，是父亲的疏忽才会造成的，她现在完全没办法理智地面对自己的父亲。

"月月，对不起。"童月林看着情绪失控的女儿，神色黯淡道，"我真的不是故意的。"

"你滚，马上给我滚出去。"童子月伸手指着门口，大叫道。

童月林深情地看了一眼抓狂的女儿，心中百感交集，最终默默地转身走出病房，迎面跟缴费归来的女婿撞了个正着，王大伟一把扶住摇摇欲坠的他，关切道："爸爸，您没事吧？"

童月林茫然地摇摇手："没事。"嘴里念念叨叨地说，"是我不好，是我没看好孩子。"

"爸，您别怪子月，她也是急的。"王大伟看童月林的神色不对劲，忙一把拉住他，将他半掺半扶地带到楼梯间，从口袋里掏出一支烟，快速地递给童月林，点上后才说，"爸，您别跟子月一般见识，她不是故意的。"

童月林深深地吸了一口烟，将那些百感交集的焦躁努力地吞入肺腑，又轻轻地吐出。胸口抑郁之气稍稍有些缓解，看着女婿王大伟歉意地说："大伟，对不起，我没看好飞翔。"

"爸，这是意外，谁都不想发生的，您也别太自责了。"王大伟也掏出烟，吸了一口后道，"还好，万幸孩子的脸没伤着。"

"那他身上要紧吗？"童月林问得小心翼翼，"会不会有什么后遗症？"

"医生说胳膊比较严重，关节那边如果处理不干净，可能后面留疤会影响活动。"王大伟说着大口吞吐了几口烟，妄想把烦

别让父亲难过，他也会哭

躁吞噬干净，毕竟自己那么小的孩子，受这么大的罪，还可能影响以后的生活，这让做父亲的他，真的异常难受，可是又不能真的去怪罪岳父大人，毕竟他已经很自责了。

"我是罪人，我真是该死。童月林气恼地捶打着自己的脑袋，"我连个孩子都看不好。我活着都有罪。"

"爸，您别这样。"王大伟忙拉着童月林，"飞翔这样我们都很难受，但是情况也不是真的那么坏，医生只不过说是可能，也许什么疤痕都没有呢！"

童月林眼中带着湿润，沉默地长叹了口气。这种侥幸，或许只能自欺欺人吧，孩子疼得那么厉害……

"爸，您先稳稳情绪。"王大伟又递过一支烟给童月林，"飞翔，还需要我们好好照顾呢，我们谁都不能倒下。"

童月林接过烟续上火，再吸了口烟平复了下情绪，"阿弥陀佛，希望我家小飞翔平平安安，健健康康地好起来。"

"爸，您放心吧，会好的。"王大伟只能尽力去安慰，童月林毕竟是上了岁数的老人，童子月情绪过激将责怪跟埋怨都冲着他发泄了，如果自己情绪再失控，怪童月林的话，只怕这个老人就要想不开了。

"嗯，"烟在童月林的手指间缓慢燃烧，将他的心渐渐安抚下来，"你们先照顾飞翔，我回家给你们准备点饭菜来。"

三

童月林晚上送饭菜来的时候，童子月依旧怒目相视，她的眼里只有受伤的孩子，而看不到内疚的父亲，儿子嘴里不断地嚷嚷，哼哼唧唧地掉眼泪，她这个做娘的感觉心都要被揉碎了，恨不得那些伤痛全部自己一个人承担。

童月林小心翼翼地将饭菜端好，对着王大伟交代了几句，满眼关切地看着女儿跟外孙。可是他们娘俩都沉浸在自己的悲伤中，没有注意年迈的老人在默默地掉眼泪，最终依依不舍地离开病房，他的心真的愧疚得恨不得替外孙去受伤。

这一晚上，童飞翔不断地惊悸、发烧、哭闹，童子月哭着一遍一遍地给他擦身子，眼泪唰唰地流个不停。

童月林几次试着伸手推开病房的门，想去搭把手帮忙，都被情绪失控的童子月给赶了出来，她不需要。

王大伟一脸的无奈，最终将童月林劝说了出去："爸，我知道您难受，可是您这岁数了，熬不起夜，子月看到您又闹脾气，我看您还是先回家好好休息，明天，明天飞翔情况稳定了，咱们再来看他好不好？"

童月林找王大伟要了包烟后，将王大伟推进病房："好，你们好好照顾孩子，我回去等着消息。"带上病房门之后，抱着身子疲倦的在医院的走廊里沿着病房门口缓缓地坐了下来。

心情无比烦躁的时候，就起来抽一支烟，听着宝贝外孙哭得撕心裂肺的时候，就再抽一支烟。

一支又一支，很快就一包烟，接着两包烟，楼梯处堆了一地烟头。童月林咳嗽着将身上掏了一遍，再也找不到烟，才深深地叹息了一声，慢步轻声地走到病房门口，依靠着门沿心情沉重地坐了下来。

童月林苍老的脸上布满了阴郁的哀愁，浑浊的眼里闪耀着点点的泪花，老了，老了就不中用了，连个孩子都看不好。真是尽会给儿女添乱。

别让父亲难过，他也会哭

## 四

"哎呀，你怎么睡这里呀？"清晨查房的护士在门口叽叽喳喳地叫喊起来，"赶紧起来起来。"

王大伟拉开门，看到衣衫狼狈的童月林正蹒跚着在爬起身子，不由得心里一紧："爸，您昨晚就睡在这门口了？"

童子月迷迷糊糊地看向门口，看着满头白发、神色憔悴的父亲，心里也一阵说不出来的难受。宝宝伤这么重，哭得这么撕心裂肺，她是真的怪父亲，为什么就不能小心点，看孩子是有监护责任的。

可是看着父亲的神色，他一点也不比自己好过，童子月就有些心疼，又想责怪又不忍责怪的矛盾感让她这一瞬间心乱如麻，也不知道张口该跟自己的父亲说些什么话。

"外公，你来了？"童飞翔醒来，看到童月林，小孩子都是好了伤疤忘记疼的，欢欢喜喜就开始打招呼。

"外公不好，我不配做外公。"童月林看着童飞翔自责地说，"外公没有看好你，外公有罪。好孩子，你以后长大了，也别叫我外公，我不配叫外公。"

"外公，你说什么呢？"童飞翔茫然，看看自己的母亲，"妈妈，我听不懂外公的意思。"

童子月的眼泪再也克制不住唰地流了出来。

还记得自己大概五岁的时候，淘气地去爬树，结果摔了下来，腿骨折了，脑袋也是鲜血淋漓地流不停。小村子里叫不到车，爸爸背着自己去村里诊所紧急止血后，生怕自己落下后遗症，一步一个脚印，整整翻了一晚上的山，将自己背到县城的医院看病，照X光什么的，生怕自己的脑子摔坏了。

后来确认脑子没摔坏，但是腿的伤口感染了，一直没好，爸爸几乎每天都会背着自己翻山越岭，走上二三十里路去县城的医院换药、治疗。

童子月很清楚地记得，那时候的童爸爸也是内疚地跟自己说："月月，爸爸不好，爸爸没用，爸爸没有看好你，我不配做爸爸，以后你别喊我爸爸。"

童子月那时候说了句什么话呢？

不，爸爸，是我自己淘气，我不乖，我不怪你。

童月林那时候听到这句话的时候，哭得不成样子，尽管多年过去，童子月依旧记忆如新，因为那是她人生中第一次看到一个大男人能够哭得这样毫无形象。当然很多年过去了，也只有父亲这个大男人曾在自己面前这样号啕大哭。

父亲沉默寡言，但是经过那一次意外之后，他真的用尽了心思呵护童子月，也尽可能地避免了意外发生。童子月年满十八周岁之后，在他眼里还依旧是个小姑娘。哪怕出嫁了，生孩子了，在父亲眼里也依旧是个需要父爱、需要撒娇的小淘气。

童子月想到自己结婚的时候，因为聘礼、陪嫁被婆家刁难，父亲默默地将老家拆迁款全部取出来，当着婆家的面说，给小两口自己置办婚房，给自己撑足了场面，让婆家从此没有低看她这个没娘的孩子。后来当自己老公决定辞职下海经商的时候，父亲第一个把攒的钱拿出来作为投资，支持他的事业。

童子月生下孩子之后，公婆远在外地没办法照顾月子，也是童月林花钱请了月嫂加上自己亲力亲为地照顾女儿。

童月林一直都是一个任劳任怨的好父亲。

　　这么多年过去了，童子月跟老公相亲相爱，跟婆家客客气气，哪怕难相处的妯娌之间也和和气气的，这背后都有父亲童月林的功劳。

　　是的，童子月从小就是个不幸的孩子，妈妈在她三岁的时候就病逝了，很多人劝手艺人的父亲再娶一个，可是他却总是问童子月的意见，要不要新妈妈？

　　小时候的童子月总是摇头，不要，因为在她心里没有人能取代妈妈。长大点了，听到很多人说过恶毒后妈的事迹，她就更不想要新妈妈了。

　　因为童子月不要，父亲童月林一直没有再娶。这么多年，他当爹又做妈地把童子月拉扯长大，把所有的心血都用在培养女儿上。等女儿长大了，成家立业了，他便把心思花在了外孙身上。

　　童子月知道，父亲对童飞翔的爱，一点不亚于自己，而自己这次迁怒于他，或许真的有些怒火攻心。想到自己昨天对父亲那样的态度，她的心里不由得愧疚起来："爸，对不起……"

　　"子月，是我不好，我没带好飞翔。"童月林摇头，"该说对不起的是我。"

　　"童飞翔的家属，要换药了，赶紧把孩子抱去治疗室。"护士在门口大声叫了一遍。

　　"哎，马上来。"王大伟看了看童子月，又看了一眼童月林，"你们俩在这休息休息，我带儿子去换药。"说完抱着童飞翔去治疗室。

　　童子月跟童月林忙跟了过去，听到治疗室传出来童飞翔哭得撕心裂肺的叫喊声，童子月忙靠着父亲童月林，脆弱地哭了起来："爸爸，飞翔一定很疼对不对？"

　　童月林擦了擦模糊的泪眼，认真地说："虽然会痛，但是飞翔一定会没事的。"

童飞翔换药出来，童子月立马上前抱过孩子，柔声地安抚："乖，宝宝不哭，妈妈在，妈妈在你身边呢。"

童月林目送着他们母子两个回到病房，这才支持不住摇摇欲坠的身子，靠着墙壁倒了下来。

"爸，你怎么了？"王大伟焦急地呼唤起来，"护士，医生，赶紧的有人晕倒了。"

五

"老人本来就血糖高，现在急怒攻心又没休息好，自然支持不住会晕倒了。"医生轻描淡写道，"也没什么大问题，注意好好休息，加强饮食。"随即善意地补充了句，"老人上了年纪，要多注意，这样的情况如果发现不及时，很容易发生意外的。"

童子月心里一惊，是啊，父亲不年轻了，她都没有发觉这点，父亲便好像已经开始变老了……

"子月，我没事。"童月林醒来朝着女儿憨厚一笑，"你别担心我，好好照顾飞翔。"

"飞翔重要，爸爸你对我来说，也很重要。"童子月抱着飞翔坐在童月林的床边，"你跟飞翔，都是我最亲的亲人，我希望你们都平安，健康地生活着。"

"外公，你要好好的，我们一起出院。"童飞翔奶声奶气道。

"好。"童月林点点头。

童子月看了看自己的老公王大伟，会心一笑。我们很多时候会因为太过在乎孩子，而忽略了当我们还是孩子的父母，我们要

別让父亲难过，他也会哭

爱幼的同时不忘记尊老，不要因为太过习惯父母多年来对我们的好，而无意中伤害他们，忽视他们。如果有机会，对自己的父母多一些关心，多说一些我爱你们吧，他们毕竟能够陪伴我们的时间有限。

# 父亲的最爱

一

"爸，你能不能不要再抽烟了？"我恼怒地冲进门，将父亲手里的烟一把抢过，狠狠地在地上熄灭又踩了好几脚，"你还要抱我女儿呢，你抽烟抽得浑身都是味，臭死了。"口气里已是毫不遮掩的嫌弃与不满，丝毫没有对父亲的敬意。

天知道，我对父亲抽烟之后抱孩子有多抓狂恼怒！真是恨不得不让我父亲接近孩子，毕竟二手烟的坏处那么多。

爸爸被我的举动搞得有些措手不及，试着解释道："宝宝被你公公抱出去遛弯了，我就想解解馋，我只准备抽一口，然后就掐灭了。"说着声音也变得越来越小，好像很心虚的样子。

我不说话，沉着脸看着他。

"你别看我了，我不抽，我不抽了还不行吗？"爸爸忙保证。

"你别跟我解释，我跟你说过多少次了，在家里不许抽烟，不许，你怎么就从不记呢？"我弯身从地上捡起被踩灭的烟头，没好气地丢进垃圾桶里，越说越觉得心里头冒出一股子的火气来，"你不但不听，还每次都趁我不注意悄悄抽。你这样有意思没意思？都这么大的人了，说话不算话，简直就是老顽童。"

父亲撇撇嘴，不敢顶嘴。

也不知道从什么时候起，我跟父亲的角色开始互换，从小时候围着父亲转，全心全意听话的孩子，到后来渐渐有了自己的主见，习惯跟父亲用平等姿态商量，到现在家里几乎我说了算，而父亲变成了那个需要听话的老小孩。

"老婆，你回来了？"老公徐努从厨房探出头来，看着我像训小孩一样说着父亲，不由得打岔道，"岳父的烟是我给他的，宝宝现在不在家，岳父抽一支没事的，家里开开窗，有排气扇，味道一下子就散去了，你也别太较真了。"

"你给我闭嘴。"我赏了他一个大白眼，更加气急败坏，连带着他一起训上了，"你还好意思说？"见老公心虚地低头，我可不准备放过他，喋喋不休道，"当初谁说的？只要我怀孕了就戒烟。"见老公把头缩回厨房不接话，我越说越来气，"我生孩子那天你怎么说的？只要宝宝平安降生，你这个爸爸从此就戒烟了。"

"我这不是戒了嘛。"老公讨好地赔着笑脸，"老婆，我真戒了的。"探出脑袋憨厚地对着父亲笑笑，"岳父做证对吧，我戒了的。"

在戒烟这个事上，父亲我跟老公属于同一个鼻孔出气，他们"狼狈为奸"，相互遮掩，我都拆穿好几次了，所以我压根懒得理会。

"戒了吗？"我看着徐努冷笑，"你敢对天发誓你戒了吗？"每次都是背着我偷偷抽，还以为我闻不出来他身上的味似的，我只是懒得为这样的事跟他较劲。

"我说老婆，你今天吃火药了？怎么回家逮着人就想吵架？消消气，消消气，生气老得快。"徐努嬉皮笑脸地转移话题，讨好地哄着我，"好了，我给你炖了去火的冰糖雪梨水，你喝一碗降降火气先。"

"你少来讨好我，你不戒烟，我跟你没完。"我接过徐努手里的冰糖雪梨水喝了一口，然后看着我爸爸说："爸爸，我警告你，你真的不能再抽烟了，不然我跟妈说去，你给我回乡下去。"

爸爸的神色有些尴尬，神色黯然地说道："好的，好的，我知道了。"一向不可一世的父亲，现在对母亲还是相当忌讳的。

父亲的最爱

徐努则是撇撇嘴，小声地嘀咕了句："真是越来越母老虎了。"

我怒瞪他一眼，他只能识相地闭嘴，对着我爸爸挤眉弄眼，我背过身当作没有看到，悄悄叹口气。

不能怪我对抽烟的爸爸跟老公如此严厉，而是我亲爱的母亲查出来肺有问题，正在医院接受治疗，我真是憋得有火发不出，只能逮着谁就吼谁。

母亲肺癌晚期，她心如死灰，想放弃治疗，我硬把她带入医院，各种威逼利诱让她治疗，能延续多久生命就多久。

父亲哄着母亲，只要她愿意接受治疗，他便戒烟，母亲这才像个孩子一样，乖乖地留在医院里。

想着自己的母亲随时都有可能离开自己，我的心里就难受。

我便监督父亲戒烟，也是一种精神注意力的转移，好像父亲戒烟了，母亲的病真的可以变好。

因为除了自欺欺人，我真的不知道该怎么来安抚自己焦灼的心，毕竟生死攸关的是我的母亲，我最亲的人。

父亲，对不起了。

我不想失去妈妈，不想让妈妈不开心，只想抓住每一分每一秒，竭尽所能地让母亲不留遗憾。她想你戒烟，她为你好，那么在这件事上，我一定会顺从她。

父亲，妈妈希望你戒烟，为了你的健康，你可千万不要让她在弥留之际留下遗憾。

父亲什么都没有说，只是很深很深地叹了口气，然后坚定果断地对我说："妞啊，你放心，我一定会戒烟的。"

但愿如此吧。

## 二

说起父亲跟烟，不得不说父母亲之间为了父亲抽烟问题从小到大，吵过不知道多少次了。

我父亲来自一座二线城市的农村，活了五十多岁，唯一陪伴长久的爱好便是抽烟。

从父亲曾经的叙说中不难知道，他是在十六岁就接触了烟，并且迷上了烟，成为最忠实烟民。他抽过各种各样的烟，从最早期的草烟、水烟，到后来的卷烟。烟的牌子也是五花八门，有最高档的，也有最低档的。有南方的烟、北方的烟，甚至国外的烟，但是他并没有钟情哪个牌子，也不挑剔，只要有烟就什么都满足了。

母亲却是一个很讨厌被动吸二手烟的女人，他们谈恋爱那会儿，父亲为了追求母亲，假意戒了三个多月，追到母亲之后又开始复吸。母亲那时候跟父亲正在热恋，热恋的时候任何缺点都可以美化，所以哪怕母亲不喜欢父亲抽烟，但是也不会去介意他抽烟。再说，父亲烟瘾也并不是大得无可救药，便也默认了让他抽烟。

我还记得自己小时候大概五六岁的那会儿，对父亲印象最深的便是每天吃饱饭后，他都会点上一支烟，吞云吐雾，烟在他粗糙的手指间，一点一点燃烧，他的脸上带着满足跟安详，嘴里更是会开心地跟我说："妞啊，你不懂，饭后一支烟，赛过活神仙呐。"

母亲则会没好气地说他："你可别把抽烟这件事说得这么高尚，看着烦都烦死了。"母亲会拉过我说，"妞啊，你以后要找男朋友，最好找个不会抽烟的，如果不巧找了个会抽烟的，那你一定要逼他戒烟，要不然你吸二手烟也极其痛苦。"

我不太懂这些话的深奥含义，但是这一刻我知道，我的父亲和母亲在抽烟这个问题上是有分歧的，我父亲喜欢，我母亲非常不喜欢。

在长大点之后，我母亲对父亲抽烟这个习惯越发不耐烦，有时吵架的时候甚至都会在那边吼："抽烟，抽烟，你这个死鬼，抽烟抽死算了。"

我父亲一般不会跟母亲吵架，他会憨厚地笑笑："老婆子，我要真抽死了，你可就心疼了，好了好了，你不让我抽，我就少抽一点。"

话虽然是这样说的，但是父亲的烟瘾在这，一点也不会少抽，可母亲也不会去较真，她听到父亲愿意为了她少抽就已经满足了。

"你呀，要死了那天才肯戒烟了。"母亲有时候气急败坏会说这种话。

父亲则是嘿嘿一笑："死了我也不戒烟，你们记得要多烧点烟给我。"

父亲对烟的执迷，有时候让母亲完全无可奈何，就这样父亲一直都没有戒烟。母亲虽然一直嘴上要求他去戒烟，可是这么多年，也没有真的付出行动，更多的时候是又气又恼，但是却又无可奈何，甚至可以说是放任自流的状态。

父亲唯一一次戒烟的经历，大概是在我初中。

那时候青春期的我，对什么都充满了好奇，又带着点叛逆，在家里看着爸爸抽的五花八门的烟盒，便也产生了抽烟的念头。

其实第一次抽烟啥都不懂，点燃之后深深地吸了一口，呛得那个叫鼻涕眼泪一把一把的，咳咳咳，咳过之后却对烟产生了一种异样的情愫。

看着烟雾在自己的手指尖燃烧，就算不抽也会有一种很舒服的感觉，安逸、温和，这是一种很难以形容的感觉，新鲜、新奇。

当我被母亲抓住在厕所抽烟的时候，父亲给了我狠狠的一顿"竹笋炒肉"。

这是我第一次看到父亲生气，他大声地质问我："你为什么要学抽烟？"

"我只是看着你抽烟很好玩我才学的。"我被父亲打怕了，如实地回答。

爸爸的表情顿时痛苦起来，黑眸带着一股难以说清的抑郁，沉默半晌吼道："我不打你，你自己去反思吧。"

我第一次看到父亲这么沉重的表情，我的心里说不出来的压抑，我也意识到自己这件事是错的，所以我跟父亲保证："爸爸，我以后再也不抽烟了。"

父亲认真地看着我，半晌后做了个决定："算了，爸爸戒烟。"

父亲说要戒烟，倒是把母亲吓了一跳："你没开玩笑吧？"父亲却是坚定地点点头，三个月后，父亲已经不再有烟瘾，可是他的身体却出现了一些疾病。

母亲看着父亲长吁短叹，其实对于父亲而言，他抽烟并不是生理需要，而是心理需要。伴随多年早已养成习惯，突然把这个习惯改了，他浑身都有些说不出来的不对劲。

母亲嘴里念叨着："你个死老头，抽烟抽得浑身的臭味，烦死人了。"实际上却悄悄地给他买了两条价格很贵的烟。

父亲的最爱

## 三

我很清楚地记得这件事，因为烟很贵，母亲别扭地拿给父亲，对他说："医生说你身体也没啥大毛病，就是突然戒了烟，各种不适应罢了，我看你抽烟的时候身体挺好，你就接着抽吧，抽死算了。"

父亲接过烟的时候，表情是犹豫的，他已经好不容易熬住三个月没有去触碰烟了，可是这么贵的烟，闻着就带着诱惑，勾引着他心头那一股子蠢蠢欲动。

母亲催促道："好了，我批准你接着抽烟了，你就别跟我矫情了。"

父亲依旧犹豫，看了看我，我忙保证道："爸爸，我再也不抽烟了。"

"那我就抽了哈？"父亲笑得特别灿烂，就跟要到糖的孩子一样，甚至带着点心满意足，对母亲笑着撒娇，"老婆，来来，给我点个火嘛！"

就这样，父亲的抽烟史上有了短暂的三个月的戒烟史。

其实，母亲虽然不赞同父亲抽烟，也不喜欢父亲抽烟，但是最终却还是纵容了这个男人。

原来爱一个人的时候，真的会纵容他的一切，接受他的一切，哪怕自己不喜欢，也会放任。

三十多年过去了，妈妈依旧不喜欢二手烟，也不喜欢爸爸抽烟，可是爸爸却从没戒烟，两个人也没有因此吵着而分开。

五十多岁的父亲和母亲，感情却是越吵越亲密，有时候拌嘴也成了生活的乐子。


我不知道男人跟烟到底是一种怎么样的不解之缘，我也不知道为什么会有那么多的男人喜欢抽烟，但是我觉得抽烟的男人很吸引我的目光。

我对我老公一见钟情，便是他抽烟的姿势吸引了我。

那一次朋友聚会，老公隐没在角落，他安静地点着一支烟，模糊的光线看不清楚他的长相，但是他潇洒的姿态却一眼就看进了我的心里。他的手指修长漂亮，夹着一支细长的烟，烟雾顺着他的吞吐，在包厢里烟雾缭缭上升，看不清面容却能够感觉出他脸上的神色安逸，或许有点慵懒，或许有点肆意，也或许是随心所欲吧。

我主动走过去跟老公搭讪，又殷勤地给他点烟，表达对他的好感。

老公被我的大胆所折服，两个人相处下来也彼此有好感，很快就确定了恋爱关系。

　　跟老公谈恋爱，结婚，这一路走来，我并没有母亲那样反感父亲抽烟。相反的，我特别喜欢看老公抽烟的样子，总觉得那个动作特别性感，也喜欢闻他身上淡淡的烟草味道。

　　如果不是因为这次母亲突如其来的病，我想我真不会对老公或者老爸的抽烟产生强烈的不满，甚至泼辣地强行逼迫他们去戒烟。

　　我其实不管对老公也好，对父亲也罢，对他们抽烟并不是真的有多反感，相反的，有时候他们抽烟如出一辙的姿态，会让我觉得异常的亲切。

　　母亲治疗三个月的时候，第一次下了病危书，父亲焦急地守在手术室门外，一根接着一根地抽烟。

　　手术急救三个多小时，他抽了整整两包烟，呛得直咳嗽，我张嘴想劝劝他别抽了，可是话到嘴边，我却说不出来，看着父亲那一脸的憔悴，我甚至在他没烟的时候，让老公给了他一包继续抽着。

　　因为我不知道这样焦躁的时刻，如果不让我父亲抽烟，他会情绪失控成什么样。

　　烟火忽闪忽灭，跟手术室的灯一样，紧紧地牵扯着我们紧绷的神经。

　　母亲被推出手术室的时候，眉头紧紧地皱了起来，语气轻柔地看着父亲说："你抽得浑身烟味，熏得我好难受。"

　　父亲拉着母亲的手，像个孩子一样地保证道："我不抽了，只要你好起来，我保证，我以后都不抽烟了。"

　　"算了，你都这把年纪了，也就这么点爱好，你想抽就抽吧。"母亲说完，疲倦地合上眼。

父亲抱着身子蹲下，双手掩面，浑身颓然。

看着地上的烟头，我深深地叹了口气，转过脸让老公去安抚父亲。我跟着护士推车将母亲送入病房，心里开始担忧起来，母亲的情况并不乐观，万一真有事了，父亲该要怎么办？看到他那样无助，我第一次深切地感觉到，原来无所不能的父亲原来能够为我遮风挡雨的父亲，其实真的老了。

岁月无情，在我们成长的同时，催化了父母的老去，告别成了我们必须要面对的一个残酷事实。

## 四

母亲终于在第五个月的时候熬不住，离开了我们。

那一天天气突然降温，还下着雨，天空雾蒙蒙的一片，让人心里抑郁难受得透不过气来。我抱着自己蹲坐在母亲的床前，除了无声的哭泣，泪如雨下，竟然连嘶吼的力气都没有，整个人浑浑噩噩。母亲走了，母亲就这样安详地走了，好像了无牵挂，实际上却是那么恋恋不舍。她舍不得老顽童一般的父亲，舍不得已经长大身为人母的我，也舍不得那嗷嗷待哺的小外孙……可是就算如此一千个、一万个舍不得，她还是含泪闭上了眼睛。

母亲的葬礼是本家亲戚帮忙一起操办的，父亲整个人的精神支柱都垮了，他变得颓然、麻木、绝望，整个人浑浑噩噩，做起事情来也颠三倒四，精神状态极差。

我以为办完葬礼父亲便可以缓过劲来，毕竟逝者已矣，我们活着的人还需要好好生活。

但是父亲的状况却不太乐观，他嘴里每天神神道道地念着一些乱七八糟的事，做起事情来丢三落四，精神完全都不在状态，忘记吃药，忘记关煤气灶，忘记关门，忘记一切日常生活的基本常识……说白了点，就是有老年痴呆的症状。

我陪着劝他，开导他，他都恍恍惚惚，甚至买了烟给他，他也不再抽了。

这一天我终于忍不住将父亲带到了母亲的坟前，大声地吼他："母亲是走了，可是你还没死，你这样浑浑噩噩的让我们这些做小辈的怎么办？"我好怕我的父亲一不小心就发生点什么事，但是我又无能为力，我总不能二十四小时看着他吧……

我们真的很难受，母亲走了已经很难受了，可是父亲竟然还这样，简直让我们雪上加霜。

我掏出烟点上，递给父亲，他不伸手接，眼睛直勾勾地看着坟墓上母亲的照片，喃喃自语道："你妈最恨我抽烟，恨了一辈子，可是我一直不愿意戒，一直宁愿被她恼恨。"父亲叹了口气，"如果我早点戒烟的话，你妈妈是不是就不会那么恼怒我了，也不会这样提前走了？"

"妈妈是因为生病，不是因为你，也不是因为你抽烟，你能不能不要这样胡思乱想？"我没好气地打断了父亲，"妈妈虽然一直很厌恶你抽烟，但是她什么时候跟你较真过，不让你抽烟了？"

父亲沉默地咬着唇，浑浊的眼中闪烁着泪花。

我深呼吸了一口气后说："爸，妈妈走了，我们都很难受。但是妈妈一定不希望我们活得这样难受。"我拉过父亲的手，将烟强行递给他，哽咽着劝告着他，"妈妈希望我们活得好好的。"虽然我也舍不得妈妈，虽然无数次地期待自己做梦能够梦见母亲来告别跟我说话，但是事实上，母亲走了之后，我并没有做过任何关于她的梦，我想她应该是一切安好了，天堂里没有病痛，她一定会像个天使一样变得无忧无虑吧。

"我很想她。"爸爸说着，眼睛湿润起来，"我真的很想她，她怎么能说走就走了呢？"

"我们都想妈妈，我们也都舍不得妈妈。但是我们也都不想妈妈担心，所以我们要好好地活着。"我看着父亲，自从母亲走后，他似乎在一夜之间苍老了许多，两鬓的白发早就爬满了整个脑勺，乍一看花白一片，而一向注重形象的他，甚至有些胡子拉碴，我不动声色地叹了口气，认真地说："妈妈也希望我们能够好好活着。"

父亲没有再说话，深深地吸了口烟，烟雾缭绕之中往事历历在目，脑子越来越清醒，我妈妈最后对他说的一句话是："我都不在了，以后真的再也没人管你抽烟了，只要你健康没问题，你想怎么抽就怎么抽吧。"

母亲一直纵容着父亲，因为她知道，抽烟这么多年已经成为父亲的一种生活依赖，她不想自己离开之后，父亲的生活一团糟，她允许他抽烟，或许也是另外一种情感寄托。

有时候，我们爱一个人，就会这样去纵容他。

我想父亲在抽烟的时候，也一定会想起跟母亲发生的许多故事吧。

回忆如梦，我们都不愿意接受离别这样悲伤的事，但却又不得不面对一次次的告别。

# 谢谢你，如此善良

一

我母亲在我十岁的时候，跟我好赌且又有暴力倾向的父亲离婚了。

农村里对离婚的女人总是带着几分瞧不起，哪怕这场婚姻里，我母亲一点错也没有，可是流言蜚语却是冲着母亲传得沸沸扬扬，母亲却依旧该干嘛干嘛，或者说，开始的时候她拼命解释过，可是没人听，大家只是把她的离婚当作讲笑话一样，母亲越是解释，越是被人当作茶余饭后的谈资，时间久了，她也懒得去跟那些人争辩和理论。

我看着母亲被欺负，心里便不服气，有一次隔壁大妈又在嚼舌根，说我母亲坏话，说她没管好我爸爸，才让他嗜赌成性，把好端端一个家给拆散了，我冲着她就大吼："我家的事，不需要你胡说八道。"

那大妈见我一个孩子，顿时更起劲了："哎哟，这么小就有脾气了？我就说，你能拿我怎么样？"说着嘴里叽里呱啦地把我母亲又一顿说。

很显然，母亲都拿这些嘴碎的人没办法，别说我了。

我气急败坏地捡了块石头，狠狠地朝着那大妈扔过去，她毫无防备地被砸了个正着，"哎哟，哎哟"地叫唤个不停。

我也就顺手又扔了几块，把她砸得嗷嗷叫，这才心情美滋滋地回家。还没来得及跟我母亲炫耀，我终于出了口气，将那个乱说话的坏阿婆打得嗷嗷叫，那边却捂着鲜血淋漓的额头找上门来了："美凤，你看看你娃干的好事？"

我母亲见状，无奈地瞪了我一眼，然后听着那大妈不停地数落我的不是，只能卑微地道歉，也提出看病的钱她出，再给她一篮子鸡蛋赔偿这样的话。

大妈接受了赔偿，又趾高气扬地训了我母亲一通，最后又说我："你看吧，你这离婚了孩子没人管，这打我还是轻的，以后指不定还要闯大祸呢。"

母亲没有接话，她虽然没有什么文化，但是骨子里却带着傲气，这件事后，她收拾了简单的行李，便带着我离开了这个村子。

母亲跟我说，要带我去大城市，要给我好的教育，让村里人不能再瞧不起带着孩子的离婚女人，她对我说："妞，妈妈就一个要求，你要做个上进的好孩子。"

"呜——"一声长长的汽笛吼叫，在咔嚓咔嚓声中，我跟着母亲去往苏州。

# 二

这是母亲第一次来这个被称为"上有天堂，下有苏杭"的城市。

本来母亲带的钱，能够支付几个月低廉房租，支撑艰苦点的生活，而她可以借此机会去找到合适的工作，赚到钱改善生活。

可没有想到半路在火车上遇到了小偷，等我们到达目的地苏州的时候，母亲竟然身无分文了。

她抱着我在火车站号啕大哭，引来不少善意的人纷纷注目，但是也只是看看，甚至都没过问便匆匆离去。

毕竟大家都是为生活奔波，自顾不暇。

母亲发泄完，摸了摸我的脑袋问："妞，你饿不饿？"

我下意识地点点头，但是想到母亲没有钱了，忙摇摇头，口是心非道："我不饿。"可是肚子却不争气地咕咕叫了起来。

母亲神色痛苦地看着我，深深地叹了口气，然后牵着我的手说："走，妈妈带你去买吃的。"

火车站的东西自然是贵得买不起，母亲拉着我的手，沿着道路走啊走，走到后来我实在走不动了，在一个巷子口总算找到了一家馒头店，她从兜里掏了仅剩的两块零钱，买了四个白面馒头，递给我一个，自己吃了一个，其他两个小心翼翼地包起来，看着夜色笼罩的天空，神色无比阴郁。

哪怕吃了一个白面馒头，依旧饥肠辘辘，我们带的行李压根就不值钱，还有更愁人的事，晚上我们该住哪里？瞧着一家家亮起的灯，我们却没有地方可去。

母亲沿着巷子临街一家一家饭馆询问，能不能收留她，帮忙做事？洗碗，端盘子，脏活累活都可以干。

店铺老板见母亲憨厚，本来同意，可是听到想提前支付半个月工资，都毫不犹豫地挥手拒绝。

这个世界骗子太多，谁都不愿意相信陌生人，说到底这也是人之常情。

母亲也从半个月降低到十天，到最后一家小面馆的时候，她对老板说，今天就开始干活，能不能先发一天的工钱，不行的话半天也可以。

那老板总算耐着性子问我母亲是怎么回事。

母亲抹了把眼泪，稳稳心神，认认真真地将遭遇跟他讲了一遍，最后说："老板，我真的不是坏人，我是真的没办法，我苦点累点都无所谓，哪怕今晚睡大街都可以，但是孩子这么小，我真的没办法……"

老板总算动了恻隐之心，对我母亲说："你先干活吧。"

小面馆生意不太好，半天也没一个人进来，母亲干坐了一会儿便坐不住了，麻利地起身打扫卫生，将脏兮兮的面馆全面彻底清洁了一遍。


三


晚上九点，小面馆打烊，老板挺满意的，给了母亲五十块钱，母亲却摇手拒绝了，跟他商量道："老板这么晚了，有钱我也没地方住了，能不能在你面馆里凑合一晚？"

老板摇摇头："这可不行。"

母亲也知道自己这个要求过分了，便踌躇着接过钱，对老板道谢："我明天一定准时来开工。"

老板摇摇头："大妹子，你也看到了，我这店生意不怎么好，根本不需要请人。我是实在看你可怜，今天才破格收留你的，明天你还是去别家找找吧。"

母亲的眼里闪烁起泪花，也不知道是被拒绝了伤心的，还是走投无路了难受的。

老板见不了母亲这样的表情，忙摆摆手："大妹子，对不住了。"礼貌地将我们请出来，然后关门上锁。

母亲拉着我的手，问我："妞，今天我们住路边，你怕不怕？"

比起在家的时候，爸爸醉酒了回来打我的情况，我不觉得住路边有多可怕，所以我摇摇头："我不怕。"只要在妈妈身边就好。

母亲终于笑了笑，虽然眼中闪烁着泪花。

那一晚，我跟母亲找了一家开门的自助银行，偎依在角落里，沉沉地睡了去。

虽然明天还是看不到头的黑暗，但是只要有母亲在身边，我的心便是温暖的。哪怕条件艰苦，我相信我们可以熬过去。

母亲第二天找到了一份临时工，身上的钱要对付三餐，所以除了白面馒头，还是白面馒头。晚上也不敢住旅馆，只能找银行、电话亭这种能够遮风挡雨的地方凑合。

母亲跟我说："妞，坚持一下，妈妈做满一个月就有钱了，我就带你租一个房间，让你有床睡，也有饭吃。"

我点点头，可是架不住馋呀，看着对面路口烧烤摊飘来的阵阵香味，一次次吞咽着口水。

母亲带着我走过去，咬牙给我买了一个鸡腿，但还没等我吃上，被一个喝醉酒跑来买串的客户猛地一把推倒，手里的鸡腿就

谢谢你，如此善良

朝垃圾桶飞了进去。

"哇。"我终于忍不住号啕大哭，抱着那个人的大腿，嘴里喊着让他赔。

那家伙不耐烦地甩开我，动作粗鲁地踹我，骂我。母亲便上前跟他理论起来，他却仗着醉酒，猛地推开母亲，然后串也不买，扭头便走了。

母亲抱着我，两个人看着垃圾桶，委屈得大哭了起来。

卖串的大崔停下了手里的活，憨厚地说："大妹子，你别哭了，我补一个鸡腿给你就是。"然后朝我递来了鸡腿，还有几个肉串，"刚才的事，我都看到了，那人忒不讲理了。"

母亲流着眼泪点头："你不知道我有多苦……"

在母亲跟大崔一把眼泪一把鼻涕说悲惨的遭遇时，我埋头猛吃，等我吃完手里的串串，我才想到今天晚上母亲只吃了半个我吃剩的白面馒头，她也一定很饿了，我顿时神色不安起来："妈，你饿吗？"我后悔刚才只顾着自己了。

"不饿。"母亲摇摇头，肚子却叫了起来，大崔忙从烧烤摊上给母亲拿了些吃的，抹着眼泪，一个劲地说不容易。

听说我们还没地方住，大崔神色扭捏地问母亲："大妹子，你要信得过我的话，跟我回去，我那可以给你凑合一晚，明天我帮你租个便宜点的房子。"

除了相信他，好像也没有别的路可走了。


四


大崔家在城中村，周边建着高楼大厦，小区里一半住户已经拆迁走了，还有些价格没谈拢，还在苦苦撑着。

大崔家也不大，是个隔断改造的一室一厅，全部加起来，也不过三四十平方米，厕所是在楼道里公用的。

我却一眼喜欢上了这里，满墙贴着黄灿灿的奖状，有三好学生的，也有各类竞技的，听大崔介绍："这些都是我儿子的，这会儿他已经睡了，我就不喊他起来了。"说完为难地看着我母亲，"大妹子，你跟娃就在这客厅沙发里凑合一晚，明天我想办法帮你们去找房子。"

如果说之前带着怀疑却别无选择的忐忑，这会儿母亲总算是放下心来，感激得差点就朝大崔下跪了，倒是把这个四十多岁的中年男子给搞得措手不及，结结巴巴起来："哎哟，没事，没事，你别这样，我也就举手之劳嘛，这出门在外，遇到难处，能帮就顺手帮一把呗……"

第二天早上，我见到了大崔的儿子，崔实在，他大概十六七岁的样子，高高瘦瘦的，长得很帅气，穿着整洁的校服，浑身散发着一股阳光的味道。他很有礼貌地跟我母亲问了个好，又冲着我打了个招呼，然后轻轻地拉上门去上学了。

我盯着那扇门傻乎乎地看了很久。

母亲以为我羡慕他能背着书包上学，幽幽地叹了口气对我说："妞，等妈妈稳定了，一定也送你继续去学校念书。"

我点点头，没有告诉母亲，其实除了羡慕崔实在能上学，我好像也挺喜欢这个俊朗却有礼貌的哥哥。

在大崔的帮助下，我跟母亲租住在了隔壁的单间里，母亲除了白天打临工，晚上便会帮大崔去烧烤摊收钱，打包，有时候兼职送一下外卖。

而我也如愿重新回到学校上学。

只是我落下了不少功课，而且转学后学习进度根本跟不上，第一次摸底考试，我是班级里垫底的那个。拿回成绩的时候，我羞愧得恨不得自杀，也不敢拿给母亲看。

崔实在发现了我的成绩，俊眉拧得死死的，对我说："你如果不好好学习，你跟你妈妈就永远没有出头的日子，咱们穷人家的孩子，只能靠勤奋、拼搏，你懂不懂？"

我点点头："我懂，可是课本知识我不懂呀。"

崔实在嘴角抽搐了下："以后我每天抽时间帮你补课。"

"哦。"经过一学期的磨合，还有崔实在这学霸的帮助，期末考试的时候，我考得还不错，班级前十。

还没来得及回家嘚瑟，崔实在不满地摇头："就这点成绩，你就沾沾自喜了？下次不进年级前三，别拿成绩单回来嘚瑟。"

日子平平淡淡地过着，大崔妻子死了几年了，人也厚道，就是有个儿子不太好找对象，母亲跟他一段时间后就顺理成章在一起，成了半路夫妻。

而我跟崔实在也在天天的相处中，感情亲近起来。

## 五

母亲跟大崔没有领结婚证，也没有办酒席，但是小日子过得挺踏实的，毕竟两个人都是靠谱踏实肯吃苦的老实人。

七年的时间，一晃而过。

他们从一个小地摊发展到租门面开店，在拆迁小区的时候贷款买了小三房，后来生意越做越顺，口碑也越来越好，买了门面，开了分店，请了人看店，家里车房都齐全了。

崔实在大学毕业就开始自己创业，一年后公司开发了一个爆款游戏，瞬间一跃成为新时代前途无量的创二代。

二十四岁的他，除了事业，便是婚姻需要父母操心。

大崔是个实在人，除了把店里收入、家庭财政交给母亲掌管外，连崔实在的婚姻也全权委托她了。

听着母亲给他介绍各种合适的相亲对象，我的心里酸酸的，可是我却什么都不能说。

十七岁的我，不敢也不能跟母亲说，我喜欢崔实在，我想等长大了嫁给他。

可我敢跟崔实在说呀，我记得跟他告白的那天，他神色矛盾而且痛苦，最后笑着拒绝了我："妞啊，在我心里，你是我妹妹，亲的那种，所以我不会接受你，你也早点收起这些小心思，好好学习吧。"

我应该是哭了吧，哭着跑掉了，然后赌气一夜没有回家。

母亲、大崔、崔实在焦急地满世界找我，后来终于在同学家找到我的时候，母亲狠狠地甩了我一个耳光，然后抱着我大哭。

自从母亲跟大崔在一起后，我几乎就没见到她哭，可是这次却哭得实在太惨烈了。

崔实在说，母亲都知道了。

知道我喜欢他，知道他拒绝我，也知道他是因为喜欢我才拒绝我。

面对崔实在的表白，我顿时不知所措起来，毕竟我才十七岁，情窦初开，我敢说喜欢他，也是鼓足勇气，一旦遇到真格，我承认我怂了。

崔实在说，他愿意等，等我长大。

母亲惊诧地看着崔实在，然后点点头，对他说："我相信你，等妞满二十周岁，你们就结婚。"

然后，母亲带着我搬出了崔家。

谢谢你，如此善良

大崔神色痛苦地挽留，母亲却毫不犹豫，她吸了吸鼻子，口气正色道："大崔，咱们这辈子也就这样了，我不想因为自己耽误孩子。"说着笑中带泪道，"实在，是个靠谱的人，把妞妞交给他，我放心。"

"可是我呢？"大崔可怜巴巴道，"你就真的忍心了？"

母亲的神色明显痛苦起来，她说："我们一大把年纪了，现在做的一切都是为了孩子，如果孩子真的坚持要在一起，那我们还是应该回到原位。"然后头也不回地离开了。

## 六

我不知道我是应该窃喜还是悲伤？

但是我知道母亲很难过，做事心不在焉，也时常犯错，夜深人静的时候，也会悄悄背着我哭。

母亲为了成全我，毫不犹豫地牺牲了自己，可是我跟崔实在呢？是不是真的值得那么做？

说实话，我心里一点把握也没有。

高考结束，我选择了离家很远的学校去念书，平日里愧疚，不敢面对母亲，所以极少回家。有时候想对母亲说千言万语，提起电话的时候又会卡壳，一次两次，我也就懒得再打电话，免得徒生悲伤。

或许我不在家的时候，崔叔才有机会多多照顾母亲吧，我潜意识里竟然是这样安慰自己的。

而崔实在的事业心很强，忙起来十天半个月都不会联系我。

我不知道我跟他是算谈恋爱，还是算定了娃娃亲？但是我确定，我们之间的爱情并不是我想要的那种。

或许我对崔实在只是儿时的崇拜，而非恋人之间的亲昵。

随着我的长大，随着时间推移，或许我渐渐淡化了这种感情而不自知。

第一年寒假回家，两家人坐一起吃饭，变得礼貌、疏远跟客气，我看着崔实在，觉得他越来越陌生，而他估计也是一样吧。

母亲跟大崔相互看了一眼，又慌乱地撇开视线，明明相爱却假装平静。

我其实很想跟崔实在谈谈，或许我们不该自私地牺牲父母之间的感情。但是因为这件事是我引起的，我竟然没有勇气去开口。

寒假还没过完，我便迫不及待地跑回学校的城市，打起了零工。

等我知道母亲摔伤腿，大崔照顾了两个月的时候，我终于忍不住飞了回来，机场恰巧偶遇到了崔实在，还有他身边那个美艳却小鸟依人的秘书。

崔实在面色有些尴尬，试着跟我解释："这是姗姗，我们谈点事。"

"你确定是谈事，而不是送她？"我漫不经心地扫了一眼姗姗脚边的行李箱，跟她的人一样，充满了卡哇伊风格。

"妞，我……"崔实在试着解释，"我们真的是谈点事，送她也是顺便。"

"崔总，这位是？"姗姗看着我问。

"我妹妹。"崔实在习惯性地回答，然后又补充了句，"也是未婚妻。"

那个姗姗的脸色瞬间惨白："什么？"不可置信地盯着崔实在。

"我们没有血缘关系。"崔实在跟姗姗解释了句。

谢谢你，如此善良

"哦。"姗姗受伤地看着他，语气也都弱了几分，"这就是你一次一次拒绝我的原因吗？"

崔实在点点头："对不起，我……"

"你爱她吗？"姗姗问着崔实在，视线却盯着我看，或许从头到尾，我表现得太过冷静了吧。

崔实在有一瞬间犹豫，还是硬着头皮点点头。

姗姗上前紧紧地抱着他："那我等你，等到你不爱她为止。"

崔实在整个人僵了，不知所措起来，脸上带着羞涩的粉红，都红到脖子根了。

我不知道别人遇到这样的戏码会怎么样。质问，吵架，还是拉开他们，满地打滚求关爱？

但是我从头到尾像是局外人一样，看着事情发展，内心里甚至还希望崔实在不要错过姗姗这样简单、直白的女生。

后来回家的路上，崔实在说："妞，我没有变心，我还是喜欢你，只是我突然觉得，我跟你之间好像并不是爱情。"

听到他这样说，我突然就如释重负，幽幽地叹了口气，"哥，其实我也觉得，我们是亲情的捆绑，而不是爱情的依赖。"

当初只是因为都太过年轻，以为懵懂的情愫就是爱情，长大了才明白，爱情不单单是懵懂的情愫。

## 七

我跟崔实在谈明白后第一时间便告诉母亲，她愣了很久很久，才呆呆地问："那你们是不想在一起了吗？"

我点点头："我觉得他还是做哥哥好。"

大崔一听这话，整个人都精神起来，"妞，那我跟你母亲，我们能在一起吗？"

"当然。"我点点头。

崔实在将手里的戒指盒朝大崔递过去："赶紧求婚。"

大崔茫然地接过戒指盒，然后被崔实在推到母亲面前，直直地跪了下去，拿起戒指求婚："美凤，嫁给我好吗？"

母亲看着我，迟疑着不敢答应。

我朝着母亲跪了下去："妈，我对不起你，因为我的任性，差点害你失去了幸福，但是你放心，我是真的希望你跟崔叔在一起的。"

母亲接过了崔叔的戒指，流下了幸福的眼泪。

之后崔叔在我跟崔实在的协助下，给母亲办了一场盛大洋气的草坪婚礼，然后又欢欢喜喜地去国外度了个假。

崔实在说："妞，我们都会幸福的对不对？"

"对。"我响亮地回答着，还好我觉悟早，若是真的跟崔实在一头扎进婚姻里，只怕我会伤我母亲更深，还好，一切都还来得及。

母亲，以前是你无怨无悔、无私地爱着我，以后换我竭尽所能地守护着你。

# 我们的爱，就那么简单

一

我是爸妈在垃圾场捡来的，当时还在襁褓里。

奶奶是不同意养我的，首先我是一个女孩，其次我还带着病。

可是我母亲却坚持把我抱了回去，坚持到正规医院住了一个多月，才把我的病看好。

母亲带我出院回家那天，父亲的神色很纠结，抽了好几根烟，才试探着跟母亲说："这娃的病，我们也花钱看好了，家里真没有钱再养她了，我们送人吧。"

那时候奶粉很贵，这个月的住院费加我的伙食费，将本来就贫穷的家庭，搞得更是一贫如洗。再加上奶奶在家闹，要死要活的不让把我抱回去，父亲就犹豫了。

母亲神色坦然地看着父亲说："这个孩子我要定了，如果你不要，那我抱着她回娘家好了。"

"你，"父亲见母亲坚持，感到无奈，"翠翠啊，你这是什么意思呢？"

"大牛，你还不明白我？我们结婚三年多了，一直没孩子，上天现在给我们送个闺女来养老，我们要珍惜呀。"母亲是一个比较信命的人，之前在医院检查过，说她的身体不易生养，这会儿抱着我更是不肯撒手。

父亲是一个憨厚的人，平日里很宠爱母亲，顿时也妥协了，只是担忧道："妈那边怎么说？"

母亲听到父亲说起婆婆，顿时脸色微变了下，急中生智地说道："你就直接跟她说，我们不会生养，这个孩子也治好了，要么留下，不留下以后都没人给我们养老，我们也不给她养老。"

"这不合适吧？"父亲担忧地看着母亲，"别人会说你。"

农村人对不会生养这件事特别八卦，父亲不想母亲被人指指点点，更不想为此被奶奶嫌弃。

"说就说，反正迟早都会被说的。"母亲大义凛然道。

接下来鸡飞狗跳了一阵，为我的去留，母亲跟奶奶闹得翻天覆地，但是最终还是我母亲赢了。

于是我便成了牛家的一分子，我就叫牛爱花。

虽然名字有些土，生长环境有点差，但是我却健健康康地长大了。

当然，小时候这些事都是后来母亲告诉我的。

我的母亲很爱我，虽然抱养我第三年还没生孩子，奶奶都默认她不会生了，终于拿正眼来看我的时候，我母亲却给我生了个弟弟。

我们的爱，就那么简单

好吧，自从有了弟弟后，父亲跟奶奶明显对我冷了几个档次，对我依旧关爱如初的只有母亲。

在她的坚持下，虽然每一年的学费都是紧巴巴地要靠凑合借，但是我还是念到了大学。

家里实在维持不住我跟弟弟两个人高昂的学费、生活费了，母亲这才咬着牙跟我商量说，能不能勤工俭学，自己养活自己？

说真的，哪怕母亲提出要我辍学照顾弟弟，供他上学，我都会毫不犹豫地答应，还别说，母亲保留了我的学习机会。

在大学的时候，我除了学习，便去打各种零工，赚的钱，除了自己必要的生活费，我还给弟弟攒起来，母亲知道后，皱着眉说："你顾好自己就行了，弟弟我们自己想办法。"

虽然她的语气有些生硬，但是，我知道她是心疼我。

我对母亲的爱，母亲对我的爱，都是这么简单纯粹。

二

丁宇，学校的风云人物，长得阳光帅气，笑起来特别有亲和力，又是校篮球队队员，明恋、暗恋他的姑娘无数，但是他却偏偏喜欢上了我。

丁宇第一次追我的时候，我清楚记得，是在大二。

那天我急匆匆地赶去学校小卖部帮忙收银，丁宇拦住我，对我说："牛爱花，那什么，我就是那一头爱上你的牛，我能不能追求你？"

我看着丁宇，他虽然努力做出痞气的样子，但是面红耳赤，羞涩得耳朵都发红了，神色紧张却又不敢盯着我看，其实他这样的男生，很讨女孩子喜欢，我也不例外。

但是，因为我忙于生活，无心风花雪月，我便礼貌地拒绝了他："对不起，我现阶段只想好好学习，并不想交男朋友。"

丁宇笑笑，也没有死缠烂打："没关系，我可以等你。"

我以为他只是说笑，并没有太当真。

校园里，那么多爱得轰轰烈烈、死去活来的情侣，最后能在一起的屈指可数，还别说我们两个连开始都没有的。

之后的日子，我跟丁宇会在校园里遇到，也会在打工的地方偶遇，各做各的事，最多也就笑笑，打个招呼的那种交情。

哪怕心里，我已经被这个优秀的男孩给深深地吸引住了。

但是有时候，爱情并不是生活的一切，尤其像我这种人，如果不努力、不自强上进，可能连活都活不好。

我只是把这颗爱恋的种子悄悄埋在心里，任由它用思念，灌溉着发芽长大。

我甚至都不想去求得结果，只愿生命里，有这么个男孩，让我曾这样念念不忘。

可是，我真的没有想到，丁宇真的默默等了我两年，在大四毕业那天，他再一次捧着鲜花来问我，是不是愿意做他的女朋友？

我虽然感动得不知所措，甚至失控地抱着他号啕大哭，但是最后的结果，还是很遗憾的，我拒绝了他。

丁宇这一次倒是很淡定地问我原因。

因为没有稳定工作之前，我不敢，也不能谈恋爱。我如实回答了他。

丁宇笑着摸摸我的脑袋，一如既往温和地说："没事，反正都等你这么久了，继续等着吧。"

## 三

后来，我找到工作的第一天，丁宇便请我吃饭，给我庆祝，也在这一天，我终于答应做他的女朋友。

和丁宇在一起的每一天，都充满了幸福的味道。

我们像很多普通的情侣一样腻腻歪歪，唯一不同的是，他会要求我们把大学里没谈恋爱的时光补上，所以除却平日里上班，下班的约会，我们每周还会固定去学校走走。

有时候看他打篮球，我像个小粉丝一样，给他端茶倒水。

有时候在图书馆我们还会冒充学生，好好学习，天天向上。

这样甜如蜜的时光大概过了一年，在周年纪念日上，丁宇跟我求婚了。

我含泪答应，谈婚论嫁的时候，才知道低调、温润的他，竟然是一名不折不扣的富家子。

我并没有抱上金主的欢喜，相反我的心情很低落，很担心我跟他之前的感情，或许会因为门当户对这么俗套的门第观念而无疾而终吧。

而事实上确实如此，我甚至都没挨到见双方父母那一关，就被丁宇妈妈派出的代表给"拍"了。

代表丁宇妈妈来找我的是她姑妈，她一副盛气凌人的模样，趾高气扬地问道："咱们丁宇家的情况，你知道吗？"

我老实地点点头："才知道不久。"潜台词是并不是因为看上他家的家境才跟他一起的。

可丁宇姑妈却立马嘲讽起来："知道我们丁宇什么家境，你自己什么家境，难听的话我就不用说了吧？你自己识相的话，主动跟他分手，如果不识相的话，后果自负吧。"

"姑妈，您是来逼我分手的？"

"别叫我姑妈，我当不起。"丁宇姑妈摆摆手，随即道，"我不是逼你们分手，我代表丁宇妈妈把她的意见讲给你听，你跟丁宇分手，她不会亏待你，如果你死缠着要嫁给他，别怪她后面棒打鸳鸯。"

"你们已经在打了。"我淡淡地笑笑，看着丁宇姑妈，将她看得有些心虚，随即她对我没好气地吼了一声："也不瞧瞧你自己什么家境，你配得上我家丁宇吗？"

"配不上"三个字，深深地刺伤了我的自尊，我傲气地抬起脸，跟丁宇姑妈说："我跟丁宇的事，我们自己能处理，您慢走不送。"

"哎呀，还敢赶我呢？你以为我想来你这？"丁宇姑妈环视了一眼我租的一室一厅，骂骂咧咧道，"真不知道丁宇怎么待下去的。"

说真的，这已经是我能力范围最好的房子了，如果不是跟丁宇同居住着，我居住的环境一定更差，起码会跟别人合租，能省更多钱的话，或许拼床都有可能。

我们的爱，就那么简单

四

晚上丁宇回来的时候，我简单把他姑妈来找我，并且传达他母亲不满的事跟他说了，丁宇一个劲地跟我说对不起，还拉着我的手，信誓旦旦地保证，一定会处理好家里的事，不会再让我难堪。

其实，我并不怕难堪，我只是害怕，我的幸福会跟泡沫一样，明明离得很近，却经不起戳，一下就碎了。

丁宇看出了我的担忧，只是紧紧地抱着我，安抚我："别担心，一切有我。"

虽然我真的很相信丁宇，但是我的紧张和担忧却丝毫没有松懈。

直到丁宇妈妈亲自来找我，她比丁宇姑妈更加直接地甩了一沓钱在我脸上："拿上钱，离开我儿子，因为我是不会同意你嫁进来的。"

钱打在脸上，火辣辣地疼，但是更疼的是我脆弱的心。

没有亲生爸妈，也没有强大优渥的家庭，却偏偏去匹配了丁宇这么优秀的男神，还有那高不可攀的家世。

我承认我受伤了，我请了个假，回到老家。

母亲看到我很开心，父亲也笑得灿烂，甚至一向重男轻女的奶奶，见到我给她买了礼物，都变得和善可亲起来，没多久弟弟也回来了，他一年前就比我高出一个头了，这会儿不但又高了，也健硕了，像个有担当的男子汉了。

全家其乐融融、喜气洋洋的，只有我的心里是空落落的。

母亲最先发现我的情绪低落，关切地问我，发生什么事了？

我简单把自己跟丁宇的情况跟他们说了下，父亲连续抽了三根烟后，对我说："这样啊，难啊……"

母亲的脸色顿时纠结起来，不断地叹息，最后无奈地劝了句："既然对方爸妈不喜欢你，让你们分手，断了算了。"

弟弟看着我欲言又止。

其实在回家之前，我心里也打算跟丁宇分手了。

没有父母祝福的婚事，多半不会幸福。

我告诉爸妈，只是想听听他们的建议，既然也是一样的，那真的没有什么好犹豫的。

只是我心里好痛，痛得有些喘不过气来。

弟弟抱着我，跟我说："姐姐，如果丁宇坚持的话，你也别轻易放弃。"说完，无奈地说，"虽然我们的家庭真的给不了你什么，但是至少我们不会成为你的累赘，你放心，以后我会有出息，爸妈我会养着的。"

听到这句话，我的眼泪唰地掉了下来，虽然我不是他们亲生的，但是从小到大，我真的被满满的亲情包裹着，没有丁宇，我还有家人。

跟丁宇说分手以后，他坚决不同意，第二天带着东西登门，跟我父母表忠心，宣誓言，这辈子都不会嫌弃我，会好好照顾我。

爸妈本来想让我们分手的心思，瞬间被瓦解，然后反过来劝说我，或许跟丁家父母再沟通下，为了自己的幸福，为了丁宇，大家都努力一把。

## 五

理想是美好的，然而现实是残酷的。我和丁宇再三跟他父母沟通，结果都是逼我们分手。

而且因为谈崩了，丁家开始使用手段，正式拉开大战。

本来我是坚持要分手的，但是看着丁宇为了我跟家里"抗战"，甚至做好了决裂的准备，我再也说不出来"分手"两个字。既然不想分手，那就勇敢地在一起吧。

我不再因为自卑而去刻意讨好丁宇，我们像过去一样，简单、平淡地生活，直到我怀孕了。

我们的爱，就那么简单

丁宇提出结婚，哪怕父母反对，也一定要娶我。

我不知道他到底是怎么跟父母沟通的，总之丁家父母再不情愿，还是给我们定下了结婚日期。

我回家告诉父母的时候，他们的神色很犹疑，既担心我在丁家过得不开心，又怕错失丁宇这么好的男人，最后意味深长地跟我说："花啊，不管怎么样，尽量不要跟丁家父母起冲突，能让就让吧。"

我笑着点头："我一定会的。"为了那么好的丁宇，也为了自己的孩子有一个完整的家。

后来的谈婚论嫁，都是丁家主导，我爸妈全程都点头，花足心思去讨好丁家父母，可是尽管这样，丁家父母依旧瞧不起我的父母，也瞧不起我。

走进婚礼的那一刻，我的心都是忐忑的，除了丁宇，我的未来是一片看不到边际的黑暗。

势力的公婆，刻薄的姑妈，还有那些乱七八糟的闲言碎语，无时无刻不在攻击着我。

丁宇拉着我的手，看着我的眼睛，认真地说："相信我，我们一家人会很幸福的。"

我茫然地点头，我自然是相信他的，可三五年后呢，他还会这样对我好吗？十年二十年后，他是不是会后悔娶了我呢？

我不知道，没有答案，我只知道我心中充满忐忑。

尤其在婚礼仪式进行到父母致辞的时候，丁家两位长辈脸拉得长长的，丝毫没有诚意，丁宇拧着俊眉，犹豫了几次想张嘴，都被我拉住了。

我不想在这样庄严的时刻，闹出可怕的笑话。

后来在酒宴上，母亲拉着我的手，跟我说："虽然丁家瞧不上我们家的陪嫁，但是我们还是尽自己最大能力了。"说着交给我一张五万块的存折，里面的钱都是几百几百的凑的，最后几笔几千块的，还是我给父母的过节费，他们一分没花，全给了我。

说真的，这本存折很沉，沉得我几乎抬不起手来，我想推给母亲，她摆摆手："我们还指望你养老呢，收着吧。"

明明只是一句玩笑话，也是母亲为了让我收下才说的，可是偏偏丁宇母亲听到了，我那婆婆的脸色顿时就冷了几分，目光凌厉地盯着我母亲，半晌后从包里掏出一沓钱，对我说："把存折还给你妈，还有这里有一笔钱，你们拿了，就当报答养育之恩，以后就不要往来了。"说完，还低声补了句，"反正只是领养的。"

我整个人都蒙了，抬眼就见母亲的眼泪唰地一下流了出来，又看婆婆张嘴在说着什么，但是我脑子乱哄哄地根本听不到，我克制不住地想掀桌子，砸了手里的杯子。我刚起身，丁宇便把我按了下去，语气不容抗拒地说道："交给我。"

母亲也怕我冲动起来闹笑话，而且担心我动胎气，擦着眼泪拉着我的手对我说："花花，我没事，我没事。"

丁宇目光深沉地看了我一眼，然后走到他妈妈面前，认真地看着她问："妈，在您眼里，是不是所有的一切东西，都是可以用金钱衡量，然后买卖？"

"你想说什么？"丁宇妈妈怕自己不小心掉他坑里，神色戒备地反问。

"我不想干什么。"丁宇勾着嘴角笑笑，"就是想你开个价，我买断我们关系，以后能不往来就不往来了，反正老了要照顾你们也挺麻烦的。"

"你这个不孝子。"丁宇妈妈顿时气得脸都差点歪了，化着

我们的爱，就那么简单

187

精致妆容的脸狰狞成一团。

"我很想孝顺，花花也很想孝顺。"丁宇语气文雅地说道，"可是，是你自己不想要，是你瞧不起我们。"

"谁瞧不起你？"丁宇妈妈瞪了一眼丁宇，然后眼神看着我。

我知道，她的意思是瞧不起我。不过没关系，我还瞧不起她呢。

"妈，既然花花已经是您儿媳妇了，你瞧不起她，就是瞧不起我。"丁宇一字一句道，"还有，我们的孩子，好歹要喊您奶奶，你这样有资格吗？"

丁宇爸爸看着事情要闹得不欢而散了，顿时拉了拉丁宇妈妈，对丁宇道："好了，好了，都喝多了，少说几句，闹笑话了不是？"

丁宇妈妈撇撇嘴，明明还有很多很多刻薄话想说，但是碍于场面，硬生生地忍了下来。

丁宇对着他爸妈道："花花既然进门了，是我们丁家的媳妇，她的养父母也是父母，这门亲戚，你们想认就多多走动，如果不想认那以后就不要往来，但是你不能要求花花跟她养父母断绝往来，你没资格的。"

丁宇妈妈被他说得脸色白了起来，没好气地打断："闭嘴。"

"好了好了，大家吃饭吧。"丁宇爸爸出来打圆场。

爸妈拉了拉我的手，安抚我别再闹事。我们重新入席，丁宇郑重地对我父母说："爸妈，你们放心，花花虽然不是你们亲生的，但是我们会像亲生的一样，给你们养老的。"

爸妈感动得眼泪唰唰掉。

我也是，感谢命运，让我遇到丁宇这么善良的男子。

结婚，是我们幸福生活的开始，漫长的一生，我们会相互敬爱，相互珍惜，直到白发苍苍，不在人世。

## 六

这个故事很平淡，但是却真实。

因为父母的善良，我才有命活了下来。

因为丁宇的坚持，我们才能够携手走过风雨。

未来到底会发生什么，我们谁都无法预料，但是我会一如既往勇敢、善良地活着。

不管待人，还是对事，我会用最积极的态度去面对生活。

也写给各位看故事的人，不管生活给予我们怎样的不幸，但是我们自己千万不能放弃，风雨后必定会有彩虹。

善良的人，爱笑的人，运气多半不会太差。

爱情，我们需要坚持的信仰，坦诚的勇气。

亲情，我们需要关爱的呵护，团结的信念。

对于梦想，我们不要轻易放弃，哪怕不得不放弃的时候，请你在心里为它留一扇窗，给自己一个信念。

我们的爱，就那么简单